DUBREUIL

ET MÉLANIE.

DUBREUIL

ET MÉLANIE,

ou

LES REVERS

DE LA FORTUNE,

Par DUCRAY.

Hélas ! pourquoi l'homme est-il souvent lui-
même l'instrument de son malheur ! ......

TOME SECOND.

PARIS,

DOMÈRE, Libraire, quai Saint-Michel,
Maison neuve des Cinq-Arcades.

1821.

DUBREUIL
ET MÉLANIE,

ou

LES REVERS
DE LA FORTUNE.

~~~~~~~~~~~~

En quittant Coblentz, Dubreuil se fit conduire à Bruxelles, guidé par la curiosité de voir cette ville, dont Mélanie lui avait fait un tableau des plus flatteurs ; il descendit rue des Escaliers, à l'hôtel de la Maison-Rouge.

Comme sa femme y avait séjourné quinze jours, et qu'elle la connaissait passablement, elle se procura le plaisir de le diriger dans

II.   I

toutes ses promenades , pour lui
faire connaître ce qu'elle offre de
plus remarquable à la vue des étrangers. Il y resta quatre jours, qu'il
y passa très-agréablement , et em-
porta l'idée que Bruxelles est ,
sans contredit , le petit Paris du
Brabant.

De là il se rendit à Ostende, où il
trouva un paquebot qui devait partir pour Londres le surlendemain ;
il s'arrangea avec le capitaine pour
son passage et celui de ses domestiques ; mais comme il n'avait plus
besoin de sa calèche , puisque depuis Ostende il devait s'embarquer
jusqu'en Amérique , il la vendit
deux mille écus , en confiant à
Mélanie que cet argent ne serait
pas de trop, attendu que , vu les
malheurs des temps , il n'avait pu
emporter du Cap que 20,000 fr. ;

mais qu'il avait cru cette somme suffisante pour passer en Europe y chercher sa chère Mélanie.

Le jour dit, ils partirent d'Ostende avec la marée, par un temps nébuleux. A peine eurent-ils filé douze nœuds, qui font quatre lieues, que la mère devint houleuse, et qu'ils eurent un très-gros temps pendant vingt-quatre heures. Enfin, jusqu'au moment où ils entrèrent dans la Tamise, Mélanie fut incommodée; mais la grosse allemande le fut bien davantage : ce qui ne surprendra pas les personnes qui ont navigué, car elles savent par expérience que les gens d'un tempérament sec souffrent bien moins à la mer que ceux qui ont de l'embonpoint. Cependant à peine est-on débarqué, que l'on se porte infiniment mieux qu'auparavant, et que l'on a un appétit dévorant. Il n'en est pas de même pour ceux qui, pendant une traversée un peu longue, n'ont pas payé ce que les marins appellent leur tribut à la mer. En débarquant, il leur prend assez souvent ce que l'on appelle le mal de terre, qui est suivi de très-grosses fièvres fort dangereuses; d'où je conclus, avec tous les marins, que ce n'est pas du tout malheureux, ni même dangereux, d'être forcé de céder à des maux de cœur, fussent-ils violens, car c'est un bail que l'on contracte avec la santé.

Dubreuil débarqua donc à Londres dans un très-bon hôtel, excessivement cher, comme on s'en doute bien. Mélanie soupa avec appétit; mais jusqu'au moment de se coucher elle crut toujours être

sur mer et ressentir les effets du
roulis, elle fut préoccupée de cette
incommodité même dans la nuit.

Le lendemain Dubreuil se fit
conduire à la Bourse par un interprète, pour y chercher l'occasion
la plus prompte pour repasser au
Cap. Il y apprit les nouvelles les
plus fâcheuses; enfin, que les nègres
étaient révoltés : on lui dit même
qu'il aurait les plus grands torts d'y
passer dans un moment où il y
avait tout à craindre pour les blancs.

On ne se fera jamais une idée
juste de ce que devint Dubreuil
en recevant de si funestes éclaircissemens, et voyant dans les dangers les plus imminens son père et
sa fortune..... Il ne lui eût plus
manqué que de voir sa femme et
son fils les partager; aussi, dans son
malheur remercia-t-il le ciel de ce

qu'ils n'étaient pas encore embarqués, et dès ce moment il se proposa de les laisser à Londres, quoiqu'il en coûtât beaucoup à son cœur... Mais il s'élevait une grande difficulté; comment annoncer à Mélanie les malheurs dont la colonie était menacée, et comment parvenir à la résoudre à ne point vouloir partager tous les dangers qu'il allait courir lui-même ?

Il fallut cependant prendre un parti, qui fut de ne dire à Mélanie que la moitié de la vérité; mais il y avait tout à craindre qu'elle apprît l'autre moitié, ou que même elle ne s'en doutât.

Il avait été si vivement affecté, qu'il avait oublié de s'occuper du motif qui l'avait fait aller à la Bourse; il s'en aperçut en route, et pria son interprète de venir le prendre

le lendemain pour s'occuper sérieusement de son départ.

Quand il rentra, Mélanie remar-
qua qu'il avait l'air soucieux, ce
qui lui donna de l'inquiétude ;
elle voulut en savoir la cause, Dubreuil lui dit : Ma bonne amie, la
voici, et tu n'en seras plus surprise
quand tu sauras qu'elle provient
de ce qu'il faut que je passe au Cap
sans toi.

Mélanie, d'abord attérée, finit
par lui demander en pleurant pour
quel motif il prenait une résolution
aussi cruelle, et en quoi elle avait
pu s'exposer à mériter qu'il se sé-
parât d'elle une seconde fois ;
qu'elle avait trop souffert la première ,........et qu'elle préférerait
mourir plutôt que d'y consentir
aujourd'hui.....

Dubreuil lui dit que la plus

grande fermentation régnant parmi
les nègres, il ne devait plus aller
au Cap pour y séjourner avec
elle, comme il l'avait projeté à
Coblentz ; qu'il n'avait d'autre but
actuellement, que d'y aller chercher son père ; qu'il ne pouvait
pas abandonner dans les dangers
qui par suite pourraient se ma-
nifester ; qu'il allait l'engager à
réaliser sa fortune, à quelque prix
que ce fût, pour venir en disposer en Angleterre ou en Italie,
enfin dans le pays où avec des
mœurs, en ne se mêlant de rien, on
pourra vivre en paix et sécurité
en se conformant aux lois locales ;
que d'après cela, puisqu'il n'allait
faire qu'aller et revenir, il ne voyait
pas la nécessité de l'exposer avec
son fils aux incommodités de la mer,
dans un voyage de dix-huit cents

lieues pour aller, et autant pour
revenir.

Ces raisons, assez passablement
bonnes, rétablirent le calme dans
l'âme de Mélanie, qui promit à
son mari de se conformer à ses vo-
lontés.

Dès le lendemain il alla avec son
interprête chercher une maison
honnête pour y placer jusqu'à son
retour sa petite famille. Dans Londres la plupart ne sont occupées
que comme Dubreuil en désirait
une, il trouva donc son affaire
Dower street, autrement dit, *rue
de Douvres*; malgré qu'elle n'eût
que deux étages, on la lui loua
deux mille écus comptant pour un
an. Il est vrai qu'elle était assez
commode; il la meubla mesquinement pour économiser ses fonds,
mais malgré cela il dépensa dix

mille francs pour n'avoir que la grande nécessité.

Il resta quinze jours à Londres, tant pour installer Mélanie dans son domicile, que pour trouver un bâtiment faisant voile pour le Cap; enfin en ayant découvert un, il s'embarqua à Londres même, au grand regret de Mélanie, qui fondit en larmes au moment de cette séparation. Dubreuil ne fut guère plus raisonnable qu'elle; mais du moins était-il plus excusable, parce qu'il connaissait toute l'étendue des dangers qu'il allait courir; au lieu que Mélanie, à qui l'on n'avait dit que ce que l'on avait voulu qu'elle sût, était bien loin de s'en douter; sans quoi elle n'y eût jamais consenti.

Il lui promit de lui écrire chaque fois qu'un navire passerait en Europe, et d'y revenir lui-même avec son père le plus tôt qu'il lui serait possible. Mais il embarqua avec lui un bien grand chagrin, ce fut de n'avoir pu laisser à sa chère Mélanie que deux mille écus provenant de la vente de sa voiture, car sur vingt mille francs qu'il avait apportés, on voit qu'il en avait sacrifié seize mille pour le séjour de sa femme, et les autres quatre mille étaient passés en frais de route, etc.

En arrivant, après une navigation assez heureuse, Dubreuil trouva son père en parfaite santé, qui lui dit qu'en Europe on avait heureusement chargé trop en noir le tableau des désastres dont le Cap était menacé; mais que, comme les affaires pourraient aller de mal en pis, il allait faire les plus grands sacrifices pour quitter la colonie, se résolvant à abandonner tout ce qu'il ne pourrait emporter ni vendre, car le moment n'était pas favorable pour trouver des acquéreurs.

Dubreuil enchanté de trouver son père dans ces dispositions, lui avoua qu'il était venu dans l'intention de lui proposer tout ce qu'il voulait exécuter, et tous deux se disposèrent à agir en conséquence.

Il y avait trois semaines qu'il était arrivé, quand Zago, un nègre fidèle, qui était très-attaché à M. Dubreuil père, qui l'avait suivi en France, et dont j'ai parlé dans mon premier volume, quand Zago, dis-je, entra tout essoufflé dans la chambre à coucher de M. Dubreuil, en lui disant : Ah! bon maître à moi! sauvez-vous avec fils à vous, sans quoi allez être tués avec tous

blancs ; mais suivez Zago , il va
sauver vous. — Comment ! Zago !
es-tu bien sûr de ce que tu me
dis-là? — Ah ! bon maître ! si sûr
que si eux savaient que moi avertis
vous, pauvre Zago serait scié en
deux morceaux ; eux l'ont zuré.

A peine finissait-il de parler,
que par toute la ville on cria aux
armes, la générale battit. Dubreuil
fils accourut auprès de son père,
Ambroise le suivit, et tous quatre,
bien armés, se sauvèrent par les
derrières de la maison , emportant
une malle garnie de quatre cent
mille francs en or et pour six cent
mille francs de papiers payables
au porteur, sans compter deux
cent mille francs en bijoux et ar-
genterie ; mais tout cela était peu
de chose en comparaison de la
beauté, de la richesse de l'ameu-

blement de cette maison, qui était comme un petit palais, et des habitations de M. Dubreuil, qui subirent le même sort que le Cap, où tout fut mis à feu et à sang par les nègres.

Je bornerai là le détail de cette scène d'horreur, dont quelques victimes échappées à ce massacre ont encore sur le cœur le sang de leurs femmes, de leurs enfans ou de leurs meilleurs amis, et qui, par conséquent, n'ont pas besoin que je r'ouvre leurs plaies pour satisfaire la curiosité de quelques personnes qui, peut-être, comme j'en connais, ont de la peine à croire le récit d'événemens sinistres, lorsqu'ils sont arrivés loin d'eux, soit par le temps, soit par les distances.

Si j'ai déroulé un petit coin de ce tableau épouvantable, c'est que

je n'ai pu m'en dispenser pour faire
connaître la source des malheurs
de Dubreuil et de l'infortunée Mélanie, dont le sort n'a pas été plus
heureux en France que le sien en
Amérique.

Zago, qui connaissait parfaitement les bois et la côte, les fit errer
pendant quatre jours, tant pour
les sauver que pour découvrir une
embarcation. M. Dubreuil père
était épuisé de fatigue, quand sur
le soir ils aperçurent une douzaine
de nègres qui venaient droit à eux
en les menaçant. Malgré qu'ils ne
fussent que quatre, ils ne balancèrent pas à se mettre en défense,
et les deux partis, armés de fusils,
firent feu en même-temps.

Trois nègres tombèrent morts;
alors les neuf qui restaient, sans
prendre le temps de recharger leurs

armes, fondirent, le sabre à la
main, sur les MM. Dubreuil, qui,
secondés par Ambroise et Zago,
firent des prodiges de valeur; car
ils tuèrent encore deux nègres;
mais enfin, accablés par la fatigue
et par le nombre, M. Dubreuil père,
à qui son fils servait de bouclier,
eut la douleur de le voir tomber à
ses pieds, et lui - même tomba
mort, percé de coups, le moment
d'après.

Ambroise et Zago, qui étaient
extrêmement alertes, se sauvèrent
à la faveur de la nuit; mais quand
ils furent à un quart de lieue, ils
s'y arrêtèrent environ une demi-
heure; alors, comme tous deux
aimaient infiniment leurs maîtres,
Ambroise proposa à Zago de retourner où ils les avaient laissés,
pour voir s'ils étaient véritable-

ment morts; et dans le cas où ils ne le seraient pas, de faire tout au monde pour les rappeler à la vie.

Ils y vinrent donc, comme on dit, à pas de loup, et trouvèrent le père et le fils étendus; mais leurs montres et l'argent qu'ils avaient dans leur poche avaient disparu avec la malle. Ayant fait la visite des corps, ils trouvèrent que le père était mort; mais tous deux s'accordèrent pour trouver un peu de chaleur, et un bien faible battement, à la vérité, sur le cœur du fils. Comme il faisait nuit close, il n'y avait pas moyen de trouver, ni dans les plantes, ni dans les fruits, quelque ressource pour raminer la nature épuisée; lorsqu'Ambroise s'imagina d'aller visiter les cinq nègres qui venaient

II.   2

d'être tués: il trouva sur l'un d'eux un gros coco plein de tafiat ; ce qui lui fit le plus grand plaisir, car les provisions qu'ils avaient emportées dans des cabats avaient été pillées avec le trésor et les armes de leurs maîtres.

Ambroise en mouilla aussitôt les lèvres de Dubreuil, qui fit un petit mouvement convulsif excité par la violence de cette liqueur; Ambroise et Zago en sautèrent de joie ; et comme ils étaient exténués, ils en burent chacun un petit coup, qui les remit un peu, après quoi ils imaginèrent de laver quatre blessures sous lesquelles Dubreuil avait succombé ; puis, avec un mouchoir, ils firent des compresses encore imbibées de tafiat; Dubreuil alors lâcha un petit soupir, qui fit dire à Zago, en embrassant Am-

broise, Ah ! mon ami , puisque lui
n'est pas mort, laisse venir le zour,
et te promets moi de trouver dans
bois de quoi ressaper lui.

Ils tentèrent les mêmes secours
sur M. Dubreuil père , mais inutilement , la mort s'en était décidé-
ment emparé.

Le jour ne tardant pas à paraître,
leur premier soin fut d'enterrer M.
Dubreuil; le corps du fils se réchauf-
fant peu-à-peu, Ambroise resta à
le garder , pendant que Zago s'en-
fonça dans le bois pour y chercher
des plantes sanitaires.

Il ne fut pas plus d'une heure
absent, qu'il apporta non-seulement
ce qu'il avait promis, mais encore
des cocos , des banades et des pa-
tates.

Leur premier soin fut de panser
leur maître avec les simples qu'il

avait trouvées, après les avoir imbibées avec du tafiat; puis ils se
mirent à manger, car ils en avaient
le plus grand besoin.

Quatre heures après avoir été
pansé, Dubreuil ouvrit les yeux,
et reconnaissant les objets dont il
était entouré, il fixa avec attendrissement Ambroise et Zago; l'expression de sa physionomie indi-
quait bien qu'il cherchait encore
quelqu'un, mais ils firent semblant
de ne pas le comprendre; et comme
ils soupçonnèrent que d'après la
grande quantité de sang qu'il avait
perdu, il devait être exténué de
toutes les manières, Ambroise lui
présenta un coco, dont il usa en
témoignant le plus grand plaisir; il
lui offrit du tafiat, dont il but la valeur d'une cuiller à café; tout cela
contribua à le fortifier; ses yeux

s'animèrent insensiblement, puis
il finit par céder à un léger assou-
pissement.

Comme ils étaient sur les bords
de la mer, Ambroise et Zago étaient
perpétuellement en vigie, pour
observer s'ils ne découvriraient pas
quelque bâtiment qui pût les sauver
de cette terre maudite, où leur vie
était toujours exposée aux plus
grands dangers, mais qui leur devenait précieuse, depuis qu'ils es-
péraient sauver celle de leur maître.

Il y avait vingt-quatre heures
que Dubreuil avait perdu l'usage
de la parole, lorsque, sortant comme
d'un sommeil léthargique, il ouvrit
les yeux, et demanda en même
temps à Ambroise et à Zago qui ne
le quittaient pas, où était son père?
Ambroise lui dit, pour gagner le
temps de le préparer à apprendre

toute l'étendue de ses malheurs, que M. Dubreuil ne faisait que de s'absenter, et que vraisemblablement il n'allait pas tarder à revenir; mais, vous-même, mon cher maître, comment vous sentez-vous?... — Ah ! bien faible, mon pauvre Ambroise...—Monsieur, voudriez-vous prendre un peu de tafiat ? — Volontiers, Ambroise. Il en but et s'en trouva bien. Zago le pansa, et sauta de joie, en voyant que les plaies allaient à merveille; enfin, à la faiblesse près, il conçut, ainsi qu'Ambroise, les plus grandes espérances, non-seulement de le rétablir, mais même promptement, et dès cet instant ils s'interdirent l'usage du tafiat, afin de le conserver pour leur maître.

Deux heures se passèrent sans que Dubreuil manifestât l'impatience qu'il avait de ne pas voir son père, car pendant ce temps il avait fait la récapitulation du combat, dont il croyait ne faire que de sortir : il se rappelait très-bien d'avoir succombé en le défendant; mais cela ne lui apprenait pas ce qu'il était devenu, puisqu'il ne le voyait pas revenir; il voulut absolument le savoir, et l'on ne put lui cacher plus long-temps la vérité... Des larmes abondantes s'échappèrent de ses paupières, il fit même des efforts pour quitter son lit de feuillage, afin d'aller en imbiber le coin de terre qui recelait des restes si précieux à son cœur; mais Ambroise le supplia de vouloir bien attendre jusqu'au lendemain, qu'il le fallait pour sa santé, lui promettant de l'y porter avec Zago.

Au point du jour, Dubreui se fit

porter à l'endroit où ses fidèles serviteurs avaient déposé les restes
inanimés de son père : il y répandit
un torrent de larmes, lui fit élever
un petit mausolée avec des coquil-
lages, le fit entourer de quelques
arbrisseaux, symboles de la douleur;
et quand il eut rempli ce pieux
devoir, Ambroise et Zago l'empor-
tèrent malgré lui, d'un lieu qu'il
n'eût voulu quitter qu'avec la vie.

A peine furent-ils revenus à la
petite cabane de feuillage qu'ils
avaient formée pour abriter leur
maître, que Zago, qui avait les
yeux toujours tournés du côté de
la mer, s'écria : Ah ! moi vois
bien loin navire au vent à
nous;... Ambroise regarda et ne
vit rien; cependant sachant que
Zago avait la vue très-perçante, il
le crut sur parole, se proposant de

vérifier le fait au bout d'une heure,
ce qu'il fit, en avouant qu'il ne
voyait qu'un petit point noir ; mais
Zago lui dit, Moi distingue bien mâ-
ture à li, et parie bien moi que li est
anglais... Au bout de quatre heures,
ce navire approchant de plus en
plus, Ambroise et Zago portèrent
Dubreuil sur le rivage, qui le reconnut pour être anglais, tant par
sa coupe, que par la manière dont
il était gréé ; il ne s'agissait plus
que de lui donner un signal de
détresse, ce que l'on fit comme on
va voir, quand il fut à la portée
du canon.

Zago attacha au bout d'une per-
che que l'on planta sur le rivage, la
cravate de Dubreuil, et, les bras
tendus tantôt vers le ciel et tantôt
vers lui, ils implorèrent la misé-
ricorde de l'un et de l'autre.

Le capitaine anglais, car il l'était
effectivement, voyant avec sa longue vue tous leurs mouvemens, se
mit en panne, et fit mettre en
même-temps sa chaloupe à la mer ;
quand ils virent qu'on venait les
chercher, ils se prosternèrent pour
remercier Dieu du secours inat-
tendu qu'il daignait leur envoyer.

Le capitaine ayant envoyé son
second avec des matelots bien armés, pour reconnaître ces infortunés, et voir s'ils méritaient les
secours qu'ils imploraient, apprit
de Zago qui parlait un peu anglais,
les désastres de la colonie et les
malheurs qui venaient d'arriver à
son maître.

Ce capitaine y fut très-sensible,
le fit porter dans sa chaloupe avec
les plus grands soins, sans oublier

ses fidèles serviteurs, et regagna son bord.

Quand ils y furent rendus, le second raconta à son capitaine ce qu'il venait d'apprendre de Zago: il en fut extrêmement surpris, n'ayant jusqu'à ce jour aucune connaissance de ces affreux événemens. Dès cet instant il porta le plus tendre intérêt à Dubreuil, et même à ses domestiques, en apprenant les soins qu'ils avaient pris de leur maître; il fit servir d'excellent bouillon à Dubreuil, fit visiter et panser ses blessures par le chirurgien, qui, les trouvant en très-bon état, dit qu'il n'y avait plus que des forces à prendre, car sous quinze jours le malade se promenerait sur le gaillard.

Un physique agréable est un don du ciel, et Dubreuil en fit l'expé-

rience, car sa physionomie douce
et honnête lui gagna tout d'un
coup le cœur de Williams (c'est
le nom du capitaine). Williams,
donc, témoignait un peu de dépit
de ne pas comprendre Dubreuil,
lorsque, le second jour, il s'imagina
de lui parler en latin ; Dubreuil
lui répondit aussitôt dans la même
langue : le capitaine, au comble de
la joie, lui serra la main, et dès cet
instant la conversation s'établit en-
tr'eux comme s'ils eussent été de
la même nation.

Comme les journées sont très-
longues à la mer, Williams pria
Dubreuil de lui raconter en plusieurs séances, pour ne point le fa-
tiguer, l'histoire de sa vie, qui lui
paraissait devoir être fort intéressante ; Dubreuil le fit. Le capitaine
lui témoigna un intérêt toujours

croissant ; mais quand Dubreuil en
vint au massacre de son père, à l'in-
cendie de toutes ses possessions,
à la perte de sa malle, qui contenait une fortune capable d'assurer
son sort, celui de sa femme et
de son fils, réfléchissant qu'il ne
possédait pas un écu, se voyant
en perspective, ainsi que sa petite
famille, couvert des haillons hideux
de la misère, et conséquemment le
rebut de la société, un froid subit
le saisit par tout le corps, il tomba
évanoui.

Le capitaine désespéré d'avoir
mis sa sensibilité à une si rude
épreuve, lui fit administrer les
plus prompts secours par le major ;
mais ils furent longs à produire un
effet favorable, car Dubreuil ne
revint à lui qu'au bout d'une heure,

pour être déshabillé et porté sur son cadre avec une grosse fièvre.

Il eut le transport, et dans son délire il fallut l'attacher ; car voyant toujours sa femme et son fils dans le besoin, il voulait se tuer ou se jeter à la mer. Il fut vingt-quatre heures dans cette pénible situation ; pendant ce temps, Williams, ou son second, ne l'abandonnèrent pas une minute. Cependant, à force de soins et de consolations, au bout de huit jours il monta sur le pont.

Williams lui demanda mille pardons d'avoir provoqué sa maladie par son indiscrète curiosité ; puis lui prenant les deux mains dans les siennes, il lui dit : mon ami, c'est ma faute si je ne vous ai pas tout de suite fait connaître le capitaine

Williams , et je m'en veux beaucoup, car vous ne seriez pas tombé
malade ; apprenez donc que je suis
votre ami aujourd'hui , enfin pour
toujours.... Et pour me prouver
que vous êtes aussi le mien , je
vous prie de serrer ce petit porte-
feuille dans votre poche , et de ne
me parler jamais de ce qu'il con-
tient , sous peine de vous brouiller
avec moi pour la vie.

Dubreuil avait trop d'âme pour
ne pas être reconnaissant du bienfait de Williams. Ses yeux se mouil-
lant malgré lui, Williams s'en aperçut et lui dit : Mon ami , rassurez-
vous, le léger service que j'ai le
bonheur de vous rendre n'est pas
au-dessus de mes forces. Le bâtiment que je monte m'appartient ,
il est presque entièrement chargé
pour mon compte : conséquemment

je suis riche , puisque je n'ai ni
femme ni enfans. J'ai trente ans et
de puissans amis à Londres , et
j'espère vous faire bientôt lier connaissance avec eux ; car si les vents
ne nous contrarient pas , nous y
serons dans quinze jours.

Des procédés si nobles lièrent la
langue de Dubreuil , qui balbutia
quelques remerciemens. Le capitaine le gronda de son excessive
sensibilité , lui fit boire du punch,
appela son second pour leur faire
compagnie , et par ce moyen - là
changea de conversation.

Quand Dubreuil fut dans sa cham-
brette , on doit bien se douter qu'il
n'eut rien de plus pressé que de
faire la visite de son petit porte-
feuille. Il ne put qu'admirer la générosité de son ami , car il y trouva
vingt-quatre mille francs en billets

de banque. Dans son ravissement,
il tendit les bras vers le ciel, en
s'écriant : Ah ! divine Providence,
vous ne m'abandonnez donc pas!.....
O ma femme !.... ô mon fils !....
vous ne connaîtrez donc pas le
besoin, ... puisque la main de l'a-
mitié me retire du plus profond
abîme !.....

Il lui fut impossible de fermer
l'œil pendant la nuit, ce qui n'é-
tonnera pas les personnes accou-
tumées à sentir vivement ; car elles
savent que, lorsqu'on passe du
comble du malheur à une situation, je ne dirai pas heureuse,
mais moins pénible, il se fait
une révolution dans tout notre
être, qui, agaçant trop précipitamment la fibre nerveuse, nous
prive du sommeil, en ramenant à
chaque instant, et malgré nous,

notre imagination vers la cause des malheurs auxquels nous échappons ou dont nous sortons.

Depuis ce moment, Dubreuil reçut de jour en jour de nouvelles marques d'amitié de la part de Williams, et ne lui laissa pas ignorer combien il y était sensible. Ses blessures étaient parfaitement guéries ; mais il était bien faible quand il débarqua à Plimouth, où le capitaine, contrarié par les vents, fut obligé de relâcher.

Dubreuil brûlant d'impatience de revoir sa femme et son fils, prit la route de Londres avec Ambroise et Zago ; mais sa séparation avec son ami fut des plus touchantes ; car les bienfaits de Williams, et les soins qu'il en avait reçus à bord, étaient gravés dans son cœur en traits ineffaçables.

Aussi le pria-t-il de descendre chez lui, à son arrivée ; ce que Williams refusa, en lui promettant de le voir le plus tôt possible, puisqu'il le regardait comme son meilleur ami.

Mélanie allait se mettre à table, quand Dubreuil arriva, donnant le bras à Ambroise et à Zago. Sa pâleur lui faisant soupçonner qu'il relevait d'une grosse maladie, elle s'écria, avec la plus tendre inquiétude, en s'élançant dans ses bras : Ah ! mon Dieu, mon bon ami, que t'est-il donc arrivé?..... Surtout ne me cache rien.... Ah ! j'étais bien persuadée qu'il fallait que tu fusses malade, puisque depuis six mois que tu es parti, je n'ai pas reçu la moindre nouvelle de toi.... Et notre cher papa, je ne le vois pas, où est-il donc ?....

Dubreuil comprit par toutes les questions de sa femme qu'elle n'avait pas connaissance de l'embrasement du Cap et des massacres qui s'y étaient commis ; en conséquence, après les plus tendres embrassemens partagés entre elle et le petit Jules, il lui dit : Ma bonne amie, tu allais dîner ; moi et mes domestiques à qui je dois la vie, et que depuis ce moment je regarde comme deux bons et fidèles amis, nous avons le plus grand besoin de prendre des rafraîchissemens : ainsi, je vais partager ton dîner ; pendant ce temps-là ils vont descendre partager celui de Julie et de Marie, et quand j'en serai au dessert, je satisferai à toutes tes questions.

Ces dernières paroles ayant jeté le plus grand trouble dans l'âme de

Mélanie, elle mangea peu, mais
elle trouva ce repas bien long.....
Dubreuil alors commençant son
récit, à partir du jour de leur séparation sur le bord de la Tamise,
lui raconta de point en point tous
les malheurs qui lui étaient arrivés,
et qui sont à la connaissance de
mon lecteur, tels que la fermentation qui régnait parmi les nègres
à son arrivée, l'embrasement de
toutes ses habitations, celui de sa
maison du Cap, la fortune qu'ils
avaient sauvée et qui lui avait été
ravie à la suite d'un combat de
quatre contre douze, la mort funeste de son père, la perte totale
de toute sa fortune ; enfin sa mort
certaine à lui-même, sans la fidélité
et les tendres soins d'Ambroise et
de Zago ; la manière miraculeuse
dont le ciel lui avait fait quitter

l'Amérique, et lui avait fait trouver
dans le capitaine Williams le
meilleur et le plus généreux de tous
les hommes.....

Pendant le récit des pertes im-
menses que son mari venait de
faire, Mélanie resta l'œil sec ; mais
quand il en vint à la mort de M. Dubreuil et à ses blessures person-
nelles, dont il ne fût jamais revenu, si Ambroise et Zago l'eussent abandonné, elle se jeta dans
ses bras, et, assise sur ses genoux, elle y versa un torrent de
larmes, et ne put s'empêcher de
dire, avec l'accent de la plus pro-
fonde douleur : Ah ! mon ami, si
je regrette la perte de ma fortune
en France, c'est parce que je sens
que nous ne pouvons pas garder
d'aussi fidèles serviteurs, qui de-
vraient rester avec nous jusqu'au

tombeau ;.... car malgré l'extrême
générosité de ton nouvel ami, nous
ne pouvons nous dissimuler que
nous ne devons pas avoir quatre
domestiques avec de si faibles
moyens. Si tu veux m'en croire,
nous tâcherons de les placer, et
nous en prendrons le plus grand
soin jusqu'à cette époque.

Je suis parfaitement de ton avis,
lui dit Dubreuil ; mais raconte-
moi donc comment tu as passé le
temps de mon absence, puisque
tu n'avais aucune idée des principaux événemens dont je viens de
te parler, et qui sont maintenant
à la connaissance de toute l'Angleterre.

Mélanie lui apprit que depuis
son départ elle n'avait fréquenté
personne ; que cependant elle allait
tous les jours se promener avec son

fils et Julie au parc Saint-James,
pour faire prendre l'air à cet enfant et le fortifier en le laissant
jouer et courir devant elle; qu'après
cela elle rentrait passer la soirée
à lire ou à faire de la musique sur
un forte-piano, qu'elle avait loué.

Le lendemain, Dubreuil étant
un peu remis des fatigues de son
voyage, eut avec sa femme une
très-sérieuse et très-longue conversation sur l'emploi qu'ils devaient faire des vingt-quatre mille
francs de Williams. Il avait bien
une teinture du commerce, mais
il tremblait d'y hasarder ses fonds
dans un pays dont il ne savait pas
la langue, et où il ne connaissait
pas d'autre personne que l'ami dont
je viens de parler.

Mélanie lui dit : Je t'avouerai
que je n'ai pas dormi de la nuit,

et qu'il m'est venu dans l'idée d'u-
tiliser mes talens , en enseignant à
des demoiselles la musique vocale
et le forte....... Mais es-tu folle ?
D'abord tu ne connais pas la fille
du plus petit marchand de la cité ;
ensuite, en supposant que tu eusses
la connaissance de quelque lady ,
comment pourrais-tu donner à des
jeunes miss les principes d'un art
que tu ne pourrais démontrer qu'en
français ?... Mon bon ami , j'ai bien
prévu l'objection que tu me fais,
et voici le moyen que je compte
employer pour la vaincre : je donnerai , si tu y consens, deux ou
trois concerts , qui me feront connaître ; et comme les dames anglaises qui ont de la naissance ou
de la fortune , parlent presque
toutes un peu français , elles ne
seront pas fâchées de m'entendre

II. 4

enseigner la musique dans cette langue à leurs demoiselles, qui, par ce moyen, prendront une double leçon.

Dubreuil l'embrassa, en la remerciant des soins qu'elle voulait prendre pour améliorer leur sort; mais il la pria de lui accorder quelques jours de réflexion avant de prendre ce parti, pour lequel il ne lui cacha pas qu'il se sentait beaucoup de répugnance, se proposant d'attendre l'arrivée de son ami pour le consulter à ce sujet.

On se rappelle peut-être qu'avant de passer en Amérique Dubreuil avait laissé deux mille écus à sa femme; mais comme l'existence est très-chère à Londres, malgré qu'elle eût vécu avec la plus stricte économie, elle n'avait pu se dispenser de dépenser quatre mille

francs pendant les six mois d'absence de son mari, à qui elle remit
deux mille francs à son arrivée.

Dubreuil n'était pas intéressé, et
encore moins ingrat, cependant il
sentait bien qu'il ne pouvait pas
garder long-temps son train de
maison, lorsqu'au bout de huit jours
Ambroise et Zago lui annoncèrent
avec des transports de joie le capitaine Williams. Ce fut un jour de
fête pour toute la maison. Les deux
amis s'embrassèrent avec transport,
et Mélanie partagea, par reconnaissance, le plaisir qu'ils eurent à se
revoir.

Williams était d'un caractère
très-gai, malgré qu'il fût Anglais;
ce qui fit qu'il proposa à Dubreuil
d'aller au spectacle de Covent-Gar-
den avec sa femme, qui, ne comprenant pas le latin, ne faisait

attention qu'à la pantomime dont
ils accompagnaient leur langage,
car les Anglais gesticulent beaucoup en parlant. Mais son mari lui
ayant communiqué la proposition
de son ami, elle y consentit avec
plaisir, et alla faire sa toilette
pendant que ces messieurs burent
du punch.

Dubreuil et Mélanie ne parta-
gèrent pas les plaisirs de Williams,
car le spectacle consistait en une
tragédie bien noire et une véritable comédie-parade, dont les
héros étaient des matelots qui se
caressaient à coups de poing; ce
qui provoquait un rire général. Ils
ne purent s'attacher qu'au matériel,
puisqu'ils ne comprirent pas un
mot ni du poëme ni du dialogue;
ce qui finit par les ennuyer au
point qu'ils se promirent bien de

n'y pas remettre les pieds jusqu'au moment où ils seraient plus initiés dans la connaissance de la langue anglaise. Ils furent même scandalisés du tumulte qui régnait autour d'eux et de tous les côtés ; ce qui donnait à l'assemblée plutôt l'air d'une réunion dans un marché que d'un public bien composé dans une salle de comédie.

Néanmoins, pour ne pas fronder le goût de son ami, qui avait beaucoup ri, il lui dit qu'il allait se mettre sérieusement à apprendre l'anglais, pour ne pas avoir la vue seule pour juger de la bonté d'un spectacle ; ce qui fit beaucoup de plaisir à Williams, qui ne lui connaissait pas d'autre défaut, disait-il, que celui de ne pas parler la même langue que lui ; puis on se sépara, après avoir bu force punch, avec

promesse de dîner ensemble le lendemain.

Quand Dubreuil fut seul avec
Mélanie, il lui demanda ce qu'elle
pensait de son ami. — Ce n'est pas,
dit-elle, un Français pour la galanterie envers les dames; mais je le
trouve très-aimable, puisqu'il a
sauvé mon mari d'un pays où ces
vilains nègres auraient fini par l'as-
sassiner, et que non-seulement il
me l'a ramené, mais encore il l'a,
par son amitié jointe à sa générosité, mis à même de ne pas se porter au désespoir... Ce qui eût été
pour moi et pour Jules le plus
grand des malheurs, car je ne lui
aurais pas survécu.

Dubreuil la gronda de cette résolution, qui n'était pas d'accord
avec les principes de la religion et
les devoirs qu'elle avait à remplir

pour élever son fils et soigner son éducation... Mélanie rougit un peu de son petit emportement, et lui dit : Mon ami, les gens heureux n'ont pas grande peine à ne pas s'écarter des règles de la morale ; les malheureux seuls ont, je crois, un vrai mérite s'ils savent résister aux angoisses de l'adversité. Voilà mon avis, que cependant je soumets au tien.

Dubreuil lui dit : Ma bonne amie, laissons-là toutes les réflexions qui naîtraient du système que tu viens d'avancer, cela nous mènerait trop loin, et le résultat n'en serait pas consolant,...... Qu'il te suffise de savoir que toutes les productions des deux mondes sont pour satis-faire les besoins, les goûts et le luxe de l'homme riche ; les uns bravent pour lui les fureurs de la mer, pendant que d'autres en sont les victimes..... S'il dort, les uns travaillent pour lui, pendant que d'autres passent la nuit pour veiller à sa sûreté ; les lois même sont faites pour assurer son bonheur, et si tu me demandes quelle est la part des infortunés, je te répondrai : la patience, le travail et l'obéissance aux lois.....

Ils en étaient là, quand on annonça le capitaine Williams accompagné d'un inconnu qu'il présenta pour être un excellent professeur de langue anglaise, ajoutant que cette langue étant celle des oiseaux, à laquelle elle ressemble par le gazouillement, une aussi jolie bouche que celle de madame Dubreuil ne devait pas en faire entendre une autre, et devant lui sir James donna une première leçon au mari et à la femme.

Quand il fut parti, Dubreuil dit
à Williams: Mais , mon ami, nous venons de prendre leçon sans savoir
ce que cela me coûtera...... Rien ,
répondit vivement Williams ; rien
du tout , car je l'ai payé pour un
an ; il ne faut pas plus de temps
que cela , vivant en Angleterre ,
pour en apprendre la langue et l'i-
diôme , qui en est la partie la plus
difficile pour un étranger , et particulièrement pour un Français, qui
sait bien l'anglais à Paris , et qui est
surpris de n'être pas entendu à
Londres, faute de tenir la pronon-
ciation. A la vérité , il lui reste la
ressource d'écrire , alors tout le
monde le comprend. Dubreuil le
remercia de sa galanterie , et lui
parla du projet de Mélanie. Williams lui dit : Mon ami , je vous
prie de m'accorder huit jours pour

II.   5

y réfléchir avant de vous donner
mon avis.

Comme c'était seulement la seconde fois qu'il voyait Mélanie , et
qu'il ne connaissait pas ses talens ,
il témoigna le plus vif désir de l'entendre. Dubreuil fut son interprète
auprès de sa femme , qui de la meilleure grâce du monde ouvrit son
forte et enthousiasma Williams par
la beauté de son exécution et la
pureté de son chant , qui oubliant
qu'il venait de demander huit jours
pour donner son avis , leur pro-
nostiqua la plus brillante fortune
si elle voulait s'assujétir à communiquer ses talens, qui seraient bien
payés et considérés en Angleterre,
au lieu qu'en France ils sont payés
mesquinement et n'y jouissent que
d'une bien faible considération ; car
un instituteur , fixé dans une grosse

maison pour y faire l'éducation de
deux ou trois jeunes gens, n'y est
guère regardé que comme un honnête, mais premier domestique,
puisqu'il y est salarié..... Est-ce à
la honte des maîtres de la maison,
où de l'instituteur? Si c'est un pro-
blême, je crois qu'il n'est pas difficile à résoudre.....

Après le dîner, Williams sortit
avec Dubreuil pour lui faire voir
les monumens les plus marquans
de cette belle et très-longue ville,
puisqu'elle a trois lieues de lon-
gueur en suivant la Tamise. Il lui
apprit que tous les corps de métier
y ont leur hospice particulier, où
les vieillards, qui n'avaient pas
réussi dans leur état, n'importe par
quel motif, y étaient bien entre-
tenus, logés, nourris, blanchis et
chauffés jusqu'à la fin de leurs

jours. Ils visitèrent trois de ces
maisons, et Dubreuil fut émerveillé de l'extrême propreté qui
y régnait, de même que de l'air
de santé de tous ces vieillards,
dont l'embonpoint annonçait qu'ils
étaient bien loin de souffrir; ce qui
ne l'étonna pas quand ils lui firent
le détail de leurs vivres journaliers
qui étaient sains et abondans.

Dubreuil regretta beaucoup de
ne pas pouvoir montrer en France,
aux étrangers, des établissemens si
utiles pour les malheureux, si honorables pour les fondateurs et
ceux qui les entretenaient : car il
apprit que tous les corps de métier
se cotisaient pour verser annuelle-
ment, dans une caisse, la somme
nécessaire pour subvenir à tous les
besoins de leurs hospices respectifs.
Quelles réflexions pénibles ne fit-il

pas, en reportant la vue sur les hospices de l'autre côté de l'eau,... où les infortunés, que par mépris on nomme les pauvres, sont bien loin de montrer à l'œil compatissant l'extérieur de vieillards nourris et vêtus passablement.

Pendant huit jours Williams présenta son ami dans de très-bonnes maisons, où il fut parfaitement bien reçu : ses malheurs intéressèrent infiniment ; mais, à Londres comme à Paris, il y a mille concurrens pour une place ; d'ailleurs, avec la meilleure volonté, il était de toute impossibilité de lui en procurer une, puisqu'il ne savait ni parler ni écrire la langue du pays où il se trouvait. Williams disait bien qu'il l'apprenait, et même avec succès ; on lui répondait alors, qu'aussitôt qu'il serait

plus instruit on s'occuperait en sa
faveur. Dubreuil rentrait chez lui
le cœur navré, en voyant des espérances si incertaines et si éloi-
gnées ; il cachait ses inquiétudes à
Mélanie, mais il n'en souffrait que
plus.

Ne voulant pas se rendre à charge
à son ami, il n'osait pas lui avouer
la nécessité où il se trouvait de
supprimer ses domestiques. Mais
Williams, qui avait fait les mêmes
réflexions que lui, lui proposa de
le débarrasser de Zago, en le prenant à son service, et de placer
Ambroise chez un riche marchand
de la cité, avec qui il faisait des
affaires, et qui le prendrait avec
plaisir, d'après le récit de ses bonnes qualités, pour accompagner
son fils, qui allait voyager en Italie.

Dubreuil le remercia du service

qu'il lui rendait, et sonna. Julie
parut et fit monter Ambroise et
Zago, qui fondirent en larmes en
apprenant que la cruelle nécessité
forçait leur maître à les séparer de
lui ; mais forcés eux-mêmes d'y
céder, Zago, qui aimait beaucoup
le capitaine, d'après les bontés
qu'il avait eues pour lui à son bord,
le remercia de vouloir bien le
prendre à son service. Quant à
Ambroise, il le remercia aussi de
lui avoir trouvé une place dans
Londres, où, jusqu'au moment
de son départ, il ne manquerait
pas de venir tous les jours voir
son cher maître..... Cette scène
déchira l'âme de Dubreuil ; mais
l'impérieuse nécessité, la plus puis-
sante de toutes les lois, lui com-
manda de fermer son cœur à la
reconnaissance, puisque les sen-

timens les plus honorables pour
l'humanité ne pouvaient être
écoutés dans un moment si cri-
tique, ses moyens ne lui permettant
pas de garder deux hommes à qui
il devait la vie !.... Il souffrait tant
lui-même, que ne pouvant se faire
violence plus long-temps, il mêla
ses larmes aux leurs....

La nouvelle de cette séparation
étant passée de l'antichambre à la
cuisine, Julie et Marie montèrent
en pleurant demander à Mélanie si
elle allait aussi les renvoyer ; toutes
deux, à l'imitation d'Ambroise et
de Zago, lui proposèrent de la
servir *gratis*. Pour Julie, il lui fut
impossible de s'en séparer ; mais
comme Marie ne se plaisait pas à
Londres, on lui donna vingt guinées pour retourner à Coblentz.

En huit jours Dubreuil se trouva

donc réduit à n'avoir plus que
Julie, qui, de femme-de-chambre
se mit à faire la cuisine, le ménage,
tout enfin; car elle travaillait comme un petit diable, pour économiser la bourse de Mélanie, qu'elle
aimait de tout son cœur, lui en
donnant tous les jours de nouvelles
preuves.

O vicissitudes humaines! il était
marquis deux ans auparavant, il
avait quinze cents nègres pour le
servir, sans compter les domestiques blancs, et trois cent mille
francs de rentes, en y ajoutant la
fortune de son père, sans y comprendre celle de sa femme, qui,
comme on sait, a tout perdu en
France; cependant, sans la main
généreuse d'un ami qui lui a été
envoyé du ciel, il serait aujour-
d'hui sans pain sur une terre étran-

gère !... O divine providence !
quels sont donc tes décrets !... je
m'y perds !... mais je m'y soumet-
trai toute ma vie avec résignation !.,

Dubreuil se sentant l'âme disposée à supporter plusieurs secous-
ses en un jour, ne balança pas à
ouvrir son cœur à son ami, pour
le consulter sur la manière dont il
devait faire valoir les vingt-quatre
mille francs qu'il tenait de sa générosité. Williams le gronda sur le
dernier mot dont il terminait sa
phrase, et lui dit : Mon ami, il y a
à Londres mille moyens pour placer
votre argent; mais les uns sont moins
lucratifs que les autres, et ceux qui
présentent des chances plus avan-
tageuses sont pour l'ordinaire très-
peu sûrs. Je suis encore ici pour
un mois, j'y vais faire un charge-
ment pour la Jamaïque, d'où j'en

ferai un autre pour repasser en
Europe; je gagnerai bien peu dans
ces deux voyages, si je ne triple
pas mes fonds; si vous voulez me
confier les vôtres, je chargerai des
marchandises pour votre compte,
et dans six mois, qui sera l'époque
de mon retour, je me fais fort de
v.us remettre soixante-douze mille
francs; cependant nous verrons
avant mon départ si nous pouvons
placer votre argent plus avantageusement.

On se doute bien avec quel transport de reconnaissance Dubreuil
reçut la proposition de son ami,
qui ajouta: Comme vous ne pourriez
pas vivre six mois sans argent avec
madame votre épouse, sans toucher
à votre capital, dans ce moment-ci
je vous laisserai douze mille francs,
qui seront en avances sur votre bé-

néfice , dont vous me tiendrez
compte à mon retour.

Mélanie était présente à cette
conversation latine , et ne comprenant pas le motif de leurs démons-
trations d'amitié , témoignait par
son coup-d'œil combien elle en
était surprise ; Dubreuil s'en apercevant , la lui expliqua en français ;
elle fut émue d'un sentiment d'admiration si vif, qu'entraînée par la
reconnaissance , elle s'élança dans
les bras de Williams , qu'elle embrassa de tout son cœur en présence
même de son mari , sans lui causer
de la jalousie , et sans que son ami
crût devoir se prévaloir de cette
marque d'amitié , qui s'échappait
de la source la plus pure , poussée
par les plus nobles sentimens.

Williams mangeait souvent chez
son ami , et priait toujours Mélanie

de passer à son forté , ce qu'elle
faisait avec plaisir, lorsqu'elle lui dit
un jour en riant : Vous ne vous
doutez pas, sir Williams, j'en suis
bien sûre , que M. Dubreuil joue
du violon comme un ange , et qu'il
chante de même ? Williams ne la
comprenant pas , pria Dubreuil de
lui expliquer ce qu'elle disait ; alors
il le pria de lui procurer le plaisir
de l'entendre , ce qu'il fit en jouant
un concerto fort agréablement ; il
chanta après cela , accompagné par
Mélanie , et Williams enchanté ,
leur dit : Ah ! mes amis , tant que
je serai à Londres , vous n'éprouverez jamais un moment de gêne ;
mais s'il vous arrivait quelque revers , faites ici votre état de la musique , et vous y vivrez dans l'aisance.

Le lendemain , ils attendaient

Williams pour déjeûner, quand
Zago entra, en disant que son nouveau maître ne pourrait venir que
pour dîner; mais qu'il priait de
vouloir bien recevoir le particulier
chargé d'une commission de sa
part.

Julie fit monter ce particulier,
qui était le meilleur facteur d'instrumens de Londres; trois garçons
le suivaient, dont deux déposèrent
un excellent forte-piano, et l'autre
un violon du célèbre Amantini; le
facteur leur donna en même temps
quittance de la valeur de ces deux
instrumens.

Dubreuil et Mélanie, enchantés
de ce cadeau, essayèrent chacun
celui qui lui appartenait, et en
tirèrent des sons argentins, qui
passèrent de beaucoup l'idée avan-
tageuse qu'ils s'en étaient formée.

Il ne faut pas demander si Williams fut remercié quand il vint dîner ; mais il dit qu'il serait bien payé, si l'un et l'autre voulaient avoir la complaisance d'essayer leurs instrumens devant lui ; que malheureusement il n'était pas musicien, mais qu'il se flattait d'avoir une âme, et l'oreille juste. Dubreuil et Mélanie ne se firent pas prier ; Williams fut ému jusqu'au délire, et tous trois convinrent que le forté et le violon de louage n'étaient que des sabots, dont les sons sourds ne faisaient pas valoir le quart des talens de ceux qui s'en servaient.

Le temps du départ de Williams approchant, il emmena Dubreuil avec lui faire pour vingt-quatre mille francs d'emplètes en tous genres, composées d'articles rares et utiles à la Jamaïque, dont il chargea son bâtiment.

Le moment de lever l'ancre étant arrivé, ce fut un véritable jour de deuil chez Dubreuil; il monta à bord avec Mélanie, et tous deux descendirent la rivière jusqu'à quatre lieues pour reconduire Williams, le plus sincère et le meilleur des amis; aussi leur séparation fut-elle pénible, car ils ne purent se quitter sans répandre des larmes, avec promesse de s'écrire de part et d'autre.

Dubreuil remonta la Tamise dans un canot; mais ni lui ni Mélanie ne purent souper. Malgré qu'elle ne comprît pas la langue que Williams parlait avec son mari, elle avoua qu'elle avait du plaisir à le voir, s'étant attachée à lui par ses

bienfaits et même par ses vertus ;
car malgré qu'elle fût très-jolie et
très-jeune, puisqu'elle n'avait que
vingt ans, et que souvent il l'eût
trouvée seule, il n'avait jamais
blessé les lois de l'amitié, en lui
faisant connaître même indirecte-
ment l'amour dont il brûlait pour
elle, et dont elle s'était aperçue ;
car il n'y a pas une femme sur la
terre qui ne soit très-clairvoyante
en pareille circonstance. Dubreuil
lui avoua qu'il avait fait les mêmes
observations qu'elle; mais que, rassuré par la connaissance de ses
principes et de ceux de son ami,
il avait été bien loin d'en perdre
le sommeil ou l'appétit. Mélanie
l'embrassa pour le remercier de
cette marque de confiance.

Trois mois se passèrent à faire
de la musique, à se promener et

à apprendre l'anglais ; ils firent des
progrès si rapides, qu'ayant commencé un mois avant le départ de
Williams, ils furent en état, au
bout de quatre mois, de lui écrire
à l'adresse qu'il leur avait donnée,
pour lui faire passer des témoi-
gnages d'amitié.

Leur lettre était à peine partie,
qu'ils en reçurent une de lui, qui
les combla de joie. Il leur apprenait que son voyage avait été des
plus heureux ; que leur pacotille
avait été vendue au-delà de ses
espérances ; qu'il allait en faire une
à la Jamaïque de toutes les productions les plus précieuses de la
colonie, sans oublier un bon nombre de caisses bien garnies de ce
fameux rhum si estimé en Europe.
Il finissait par leur dire : Aimez-
moi toujours comme je vous aime ;

portez-vous aussi toujours bien ;
amusez-vous de même : car j'espère
que dans trois mois j'aurai la satisfaction de vous compter beaucoup
d'argent et de partager vos plaisirs.

Ils ne pouvaient pas recevoir
des nouvelles plus agréables. Aussi
voyant leur petite fortune s'améliorer, ils se relâchèrent un peu
de la stricte économie qu'ils avaient
observée jusqu'à ce moment. Comme
ils aimaient beaucoup leurs compatriotes, au lieu d'éviter, comme ils
l'avaient fait jusqu'alors, la fré-
quentation des émigrés, qui étaient
très-nombreux à Londres, ils s'en
formèrent une petite société choisie parmi les personnes qu'ils trouvèrent le plus en rapport avec eux
par l'âge, les goûts et la fortune ; ce
qui néanmoins les constitua dans

des dépenses qui ne sont jamais petites en Angleterre.

Il y avait deux mois que Williams leur avait écrit, quand il leur accusa la réception de leur lettre écrite en anglais ; ce qui, disait-il, lui avait fait un plaisir indicible. Il leur annonçait aussi son départ sous huit jours avec une belle cargaison dont ils auraient une bonne part, sans compter qu'il n'avait pas oublié ce qui pourrait flatter la plus aimable des femmes, enfin la femme de son ami.

Madame Dubreuil était très-sage ; cependant elle fut enchantée de cette marque d'attention et de souvenir de Williams. Mais quelle est celle d'entre vous, mesdames, qui, avec les principes même les plus austères, ne serait pas flattée d'être

aimée d'un aussi galant homme que
lui? car être aimé prouve qu'on
est aimable; ce qui peut être sans
déroger à la vertu.

Quatre mois se passèrent depuis
la dernière lettre de Williams, dans
laquelle il avait annoncé son départ, et il n'arrivait pas. Les fonds
baissaient furieusement chez Dubreuil; car, ainsi que sa femme,
ils avaient agi tous deux un peu
en jeunes gens bercés par les plus
flatteuses espérances, lorsque Julie
annonça le maître de langue qui
venait tous les matins.

Comme il avait l'air rêveur et
même triste, Dubreuil lui en demanda le motif. On le serait bien
à moins, répondit sir James; mais
vous-même, M. Dubreuil, comment n'êtes-vous pas encore plus
triste que moi!... — Que voulez-

vous dire, sir James? expliquez-
vous donc, car je ne vous com-
prends pas... — Vous ignorez donc
le malheur qui vient d'arriver?...—
De quel malheur est-il donc ques-
tion?... — Ah! monsieur, je suis
bien fâché d'être le premier à vous
l'apprendre... — Mélanie, qui était
comme sur des charbons pendant
ce dialogue, lui dit vivement : Mais
au nom du ciel, sir James, ne nous
laissez donc pas plus long-temps
dans l'inquiétude, expliquez vous
plus clairement... — Apprenez que
l'Élizabeth, bâtiment de trois cents
tonneaux, commandé par le capitaine Williams, vient de périr
corps et biens en vue du Cap Finis-
tère, à la suite du coup de vent
qui a eu lieu il y a quinze jours...—
Mais êtes-vous bien sûr de cela,
s'écrièrent à la fois Dubreuil et Mé-

lanie?... —Ah! que trop sûr, puisque la nouvelle en a été apportée
hier à la Bourse...

Le tonnerre tombé à leurs pieds
ne les eût pas atterrés autant
que cette fatale nouvelle !.... Tous
deux pleurèrent la mort de Williams, car ils faisaient en un jour
les pertes les plus grandes, un véritable ami et leur petite fortune!..
Sir James se retira.

Livrés alors à eux-mêmes, ils
s'abandonnèrent entièrement à leur
trop juste douleur, et la ressource
des larmes les sauva du malheur
de succomber peut-être sous le
poids d'une maladie grave dont ils
n'avaient pas besoin, d'après le
mauvais état de leurs finances.

Quand Dubreuil fut un peu remis
de son trouble, il dit à Mélanie :
je vais passer à la Bourse pour m'as-

surer de la vérité de cette fatale
nouvelle, car elle est trop impor-
tante pour y ajouter foi légère-
ment. Mélanie lui dit qu'il ferait
bien, et il partit.

Quand il revint, son accable-
ment ne constata que trop à Mélanie que sir James avait été bien
informé ; aussi parla - t - elle à son
mari de toute autre chose que du
motif de sa sortie. Dubreuil ne fut
pas dupe de ce trait de délicatesse,
mais il s'y prêta volontiers pour
faire diversion.

Ils restèrent huit jours chez eux sans
voir personne, employant le temps
tantôt à pleurer leur ami, tantôt à
regretter à-peu-près une centaine
de guinées qu'ils avaient dépensées
à recevoir leurs compatriotes ; par
exemple, ils se creusaient la tête du
matin au soir pour se créer des

moyens d'existence, et n'en trouvèrent point d'autres, que de r'ouvrir leur porte à sir James pour
continuer à apprendre l'anglais,
de donner un concert où ils se
feraient entendre tous deux pour
trouver des écoliers par ce moyen ;
puis il se détermina à retourner
chez les amis de Williams, où il
était connu, pour les inviter à son
concert, et les prier de lui procurer des élèves, ainsi qu'à Mélanie.

Ah ! combien lui fut pénible
l'exécution de ce projet ! mais il
fallait s'y résoudre, car il avait
vécu un peu largement et ne possédait plus que vingt guinées ; ce
qui jusqu'alors ne l'avait pas in-
quiété, croyant d'un instant à
l'autre voir entrer son ami.

Sir James le guida dans la location de la salle du concert, lui

II. 7

procura dix musiciens allemands
pour jouer des symphonies, afin
d'occuper le temps du spectacle
dans les intervalles que lui ou Mélanie se reposeraient. Son prix était
dix guinées pour ses musiciens,
dix guinées pour la location de la
salle bien éclairée : plus, quatre
guinées pour les faux frais, où le
diable le plus malin n'aurait rien
compris ; et tout cela payé d'a-
vance.

Ses places étaient d'une guinée aux
premières, et d'une demi-guinée par
tout le reste de la salle. Heureusement qu'il avait placé six premières
chez les amis de Williams, et que
sir James avait placé quatre secondes ; ce qui, en ouvrant la
porte, lui faisait huit guinées, fort
heureusement pour lui, qui jointes
à seize qui lui restaient pour toute

fortune, l'aidèrent à faire face ho-
norablement aux vingt-quatre guinées de frais qu'il avait à payer
avant qu'on lui remît les clefs.

Dubreuil avait pris un mal de
galérien pour donner ce concert,
qui devait être très-brillant d'après
toutes les espérances qu'on lui avait
données. Il était en grande tenue
ainsi que Mélanie, qui de plus était
jolie comme les amours. Il y avait
deux heures que le bureau était
ouvert, le buraliste n'avait encore
reçu que six guinées. Le public
s'impatientait, il fallut commencer
avec quatorze guinées de recette,
ce qui rendait la salle très-sonore,
car elle était vide, mais on espérait
qu'il viendrait du monde.

On ouvrit le concert par une
symphonie concertante. Mélanie

chanta ensuite, en s'accompagnant
sur son forté. On trouva que sa
voix était trop faible pour chanter
en public, et que ses moyens
étaient très-ordinaires sur le piano.
Elle eut même la douleur de recevoir quelques signes d'improba-
tion, et d'entendre dire tout haut
que les petites filles des moindres
marchands de Londres en savaient
autant qu'elle.

Dubreuil fit semblant de n'avoir
rien entendu, et joua un concerto
de violon, où il leur fit le plus
grand plaisir, car ils finirent par
lui rire au nez. Il voulut se fâcher
et terminer là le concert; mais ses
musiciens allemands l'engagèrent
à continuer, et jouèrent encore
une symphonie pour lui donner le
temps de se remettre.

Mélanie, qui était sur des épines,

le pria , les larmes aux yeux , de
mettre la prudence de son côté ,
crainte de s'attirer une affaire mal-
heureuse : il le lui promit et commença , étant accompagné par elle,
à chanter une ariette de bravoure.
Il n'en était pas au tiers , que les
rires et les huéesétouffèrent sa voix
et qu'enfin on vida la salle.

Dubreuil humilié , mais furieux,
en demanda raison à deux officiers
qui sortaient en lui riant encore
au nez ; mais malgré qu'ils eussent
l'épée au côté , ils lui proposèrent
de boxer , ce qui lui occasionna
une si grande surprise , qu'il en
resta immobile !...... Mélanie , qui
ne le perdait pas de vue , vint à la
traverse et l'emmena d'un autre
côté.

Le buraliste lui remit une guinée
pour deux secondes , ce qui fit

monter sa recette à neuf guinées.
Ainsi il en déboursa quinze de sa
poche , pour éprouver tous les
désagrémens possibles , après s'être
donné pendant plusieurs jours un
mal épouvantable. Et puis , après
cela , MM. les parasites, flagornez
donc les parens, et leurs petits prodiges de salon , puisqu'ils ont la
bêtise de vous donner de bons dî-
ners pour être trompés !

Je crois qu'il est inutile de dire
qu'ils rentrèrent chez eux avec le
désespoir dans l'âme , en réfléchissant que pour tâcher d'améliorer
leur sort , ils venaient de se cou-
vrir d'opprobre et de dépenser à
cet effet le reste de leur argent, ne
se dissimulant pas que d'après cette
catastrophe , ils ne devaient plus
compter se faire une ressource de
la musique. Il leur fut impossible

de souper. Dubreuil ne put fermer
l'œil pendant toute la nuit ; mais
Mélanie en passa une partie à pleurer...Ah ! combien ils gémirent de
ne pas avoir un état solide dans la
société, en voyant comme les gens
de métier sont payés généreuse-
ment en Angleterre ! et dès cet
instant ils se promirent d'en faire
apprendre un au petit Jules, en dépit des sots préjugés des Français à
cet égard.

Toutes ces réflexions étaient
très-avantageuses pour assurer l'existence à venir de Jules, mais ne
leur donnaient pas les moyens pour
le moment de pourvoir à leur existence mutuelle..... Ils se perdaient
dans le vague de mille projets,
puisqu'ils ne savaient rien faire
que superficiellement.

Pour se former une ressource

provisoire, abjurant la musique
pour la vie, d'après ce qu'il avait entendu dire à ses oreilles, qu'il
n'était bon qu'à faire un troisième
violon d'orchestre, Dubreuil se
proposa de vendre tout de suite
son violon, qui, étant de la facture
du célèbre italien *Amantini*, valait cent guinées au bas mot.

Se proposant donc de sortir à
cet effet, pendant qu'il s'habillait
il fit observer à Mélanie combien
l'amour-propre les avait bien servis,
en les engageant à ne pas parler
à leurs amis émigrés du maudit
concert qu'ils venaient de donner.
Ce qui eût été pour eux le comble
de l'humiliation, s'ils eussent été
témoins de leurs vexations.

Dubreuil n'osant plus remettre
les pieds chez les amis de Williams, d'après les désagrémens

qu'ils sortaient de lui voir éprouver, se trouvait dans le plus grand
embarras pour savoir à qui vendre un violon d'un si grand prix
que le sien, car il ne convenait
pas à tout le monde; il ne pouvait
pas l'offrir de porte en porte, et
il ne connaissait que des Français,
qui malheureusement avaient plutôt besoin de vendre leurs effets
que d'en acheter ; lorsque Mélanie
lui dit : Mon ami, le facteur d'instrumens qui nous l'a fourni a l'air
d'un bien honnête homme, à ta
place je le verrais, il l'appréciera
mieux que toute autre personne,
et cela t'évitera bien des démarches,
qui sont toujours désagréables.

Dubreuil lui dit : Je suis parfaitement de ton avis ; et il ouvrait
la porte pour sortir, quand Julie
entra. Comme son teint était beau-

coup plus animé qu'à son ordinaire, Mélanie qui l'aimait beaucoup, lui demanda avec le plus
vif intérêt ce qu'elle avait? Rien
du tout, Madame, répondit-elle,
qu'une grâce que j'ai à vous demander, ainsi qu'à Monsieur, et
qu'il faut absolument que vous
m'accordiez.

L'inquiétude succédant au premier sentiment que Mélanie venait d'éprouver, elle lui dit avec
attendrissement: Et quelle grâce
ma Julie peut-elle avoir à me demander, elle dont la conduite a
toujours été si irréprochable?.....
— La voici, Madame, répondit
Julie, en tirant de sa poche une
grosse bourse de soie, qu'elle mit
sur la cheminée, ajoutant: Je suis
entrée avec rien à votre service;
j'ai eu le bonheur par suite de votre

générosité d'y amasser mille écus
en or; ils sont à vous, Madame, et je
n'ai pas d'autre mérite aujourd'hui,
que celui de vous les rendre, en
vous priant de ne pas m'humilier
en les refusant ; sans quoi, malgré
que je vous aime tous deux de toute
mon âme, je m'éloignerai de vous
pour la vie, et vous n'entendrez
plus parler de Julie.

La noblesse de ce procédé, la
volubilité avec laquelle Julie venait
de s'exprimer, et l'intention qu'elle
avait de les quitter, s'ils la refu-
saient, les tint pendant cinq minutes comme pétrifiés. Enfin la reconnaissance l'emportant sur la stupéfaction, Dubreuil lui en témoigna les plus tendres sentimens;
mais il la refusa, en lui disant :
Julie, je ne peux ni ne dois accepter
ton argent, puisque je craindrais

de ne pouvoir jamais te le rendre...
Julie reprit, en fondant en larmes :
Ah ! Monsieur, vous devez la vie à
Ambroise et à Zago, vous ne voulez
donc rien devoir à la pauvre Julie !.... Qui vous dit, Monsieur,
que vous éprouverez toujours des
malheurs, et qu'un jour vous ne
me remettrez pas cet argent avec
autant de plaisir que j'en ai à vous
l'offrir aujourd'hui ? D'ailleurs, vous
m'avez nourrie, vous allez me nourrir encore ; ainsi vous devez voir
que dans quelques années vous ne
me devrez rien....

Ce discours était spécieux ; mais
comme l'homme a toujours le cœur
ouvert à l'espérance, Mélanie se
joignant aux instances de Julie,
Dubreuil accepta les mille écus,
avec la ferme résolution de les lui
rendre aussitôt que la fortune lui

serait moins contraire ; ce qui mit
cette bonne Julie au comble de la
joie, leur avouant qu'aucune de
leurs peines n'avait pu lui échap-
per ; car dans un petit ménage, où
l'on a nécessairement un domestique toujours sur son dos, il est
presque impossible de lui cacher
ses affaires, même les plus secrètes.

Cependant Dubreuil, qui venait
de prendre la musique en horreur,
n'en persista pas moins dans l'intention de vendre son violon pour
n'en jamais toucher un de sa vie ;
en conséquence il alla trouver celui qui le lui avait fourni ; il en
apprit qu'il l'avait vendu à sir Williams pour cent vingt livres sterling (la livre sterling fait vingt-
quatre francs de France); mais que,
comme il lui fallait le temps de le
placer, il ne pouvait lui en offrir

que cent dix livres sterling, que
Dubreuil accepta avec grand plaisir, se trouvant très-heureux d'apporter cent dix guinées dans son
petit ménage, et de pouvoir rendre
les mille écus à la bonne Julie, qui
l'avait mis à même de l'apprécier
encore plus favorablement et de
l'aimer davantage, la regardant,
d'après la délicatesse de ses sentimens, plutôt comme une amie que
comme une domestique.

Quand il rentra, Mélanie fut
très-satisfaite de la manière dont il
s'était défait de son violon, puisqu'elle le mettait à même de se
passer de l'argent de Julie ; mais
cette fille ne voulut jamais le re-
prendre, alléguant pour ses raisons
qu'il serait plus en sûreté chez
monsieur que dans sa petite chambre, que souvent elle oubliait de

fermer ; que, d'ailleurs, elle saurait
bien demander quelque argent si
elle se trouvait en avoir besoin ; et
comme elle était persévérante dans
ses résolutions, il fallut en passer
par où elle voulut.

A propos, dit Mélanie en riant,
je m'acquitte joliment de ma commission.... ! Je suis chargée de remettre une lettre, sans doute d'une
très-jolie femme, à un très-joli
homme, de plus un petit paquet
bien ficelé, bien cacheté, et j'ou-
blie tout cela !... Ah ! voilà le cas
de dire que les femmes ont bien
peu de tête..... En même-temps
elle remit à son mari ce qu'elle
venait de lui annoncer.

La lettre portait sur la suscription :
A M. Dubreuil, réfugié français,
Dower Street, to London.

Dubreuil surpris autant que sa

femme, lui demanda pourquoi elle
n'avait pas décacheté cette lettre?
mais elle lui dit : Mon ami je m'en
serais bien gardée, puisqu'elle ne
m'est pas adressée.... Il fit sauter
le cachet et lut ce qui suit :

Sir,

« Une personne à qui vos mal-
» heurs sont connus, vous prie
» d'agréer une bien légère marque
» de l'intérêt qu'elle y prend ; vous
» la trouverez dans le petit paquet
» ci-joint.

« Si la fortune vous sourit un
» jour, elle se fera connaître, et
» vous souhaite en attendant tout
» le bonheur que vous méritez. »

On se doute bien que Dubreuil et
Mélanie brûlaient d'impatience de
rompre les cachets du petit paquet,

ce qu'ils firent ; et ils trouvèrent
une boîte de carton qui contenait
cent guinées. Ils sonnèrent Julie,
pour savoir qui lui avait remis la
lettre et le paquet ; mais elle leur
dit que c'était un domestique qui
lui était absolument inconnu, et
qui avait disparu comme un éclair.
Ils se creusèrent la tête pour deviner quel pouvait être l'auteur de ce
bienfait ; mais inutilement. Était-ce
un homme ou une femme ? C'était
une énigme pour eux ; mais dans
tous les cas, ne sachant à qui renvoyer cet argent, ils se déterminèrent à le garder, en rendant
grâces à la Providence, qui les
mettait, à midi, à la tête de huit
mille francs, ne s'étant levés
qu'avec une guinée pour toute fortune. Il est vrai qu'ils ne regardèrent les trois mille francs de Julie

II.   8

que comme un dépôt; mais avec
cinq mille qui leur restaient, ils
avaient le temps de se retourner.

Comme les jeunes gens sont presque aussitôt consolés que déses-
pérés, ils oublièrent, dans une petite
partie qu'ils firent tout de suite à
la campagne, les chagrins cuisans
de la veille et toutes les inquiétudes de la nuit; ils emmenèrent
Jules et Julie, et passèrent une
soirée très-agréable. Ils furent la nuit
bien moins agitées que la dernière,
laissant au temps la faculté de leur
faire connaître la main généreuse
qui était venue à leur secours, et
continuèrent à apprendre l'anglais
avec la plus grande aptitude; ils
revirent leurs compatriotes, mais
avec l'intention d'être plus réservés
dans leurs dépenses. Quelques-uns
leurs parlèrent du concert qui ve-

nait d'être donné par des Français, en leur demandant s'ils y étaient allés; mais qu'ils avaient su de bonne part qu'il avait été *d'un mauvais noir !* (*expression de coulisse*) et que c'était bien malheureux pour ces pauvres diables, car on prétendait qu'ils y avaient perdu vingt-cinq guinées.

Dubreuil et Mélanie se dérobèrent à la gloire d'en avoir été les héros... et malgré que le mensonge soit odieux, je crois qu'ils furent bien excusables dans cette circonstance, car ils dirent n'en avoir pas entendu parler, ayant fui jusqu'alors tous les plaisirs depuis le moment où ils avaient appris la perte de leur ami et de leur fortune, et la conversation changea de sujet.

Il y avait un an que sir James

venait très-assidûment donner ses
leçons ; et l'année pour laquelle il
avait été payé par Williams était révolue ; mais comme Dubreuil et Mélanie pouvaient se passer de lui, ils
le remercièrent, en lui disant qu'ils
allaient s'en tenir à ce qu'ils savaient,
n'ayant plus rien à faire pour se
perfectionner qu'à fréquenter des
Anglais de distinction.

Dubreuil sortait toujours après
son dîner pour aller lire les papiers publics, afin d'être au courant
des affaires de France, et de se fortifier dans la langue, en la lisant
et la parlant avec les personnes dont
il était environné, quand il s'en
trouvait cependant d'assez commu-
nicatives pour cela, ce qui n'arrivait pas toujours ; mais enfin il sui-
vait le conseil de sir James, car
les Français ont l'habitude de ne

fréquenter qu'eux, ce qui fait que souvent ils ne savent pas, quand ils rentrent en France, la langue du pays qu'ils ont habité, même plusieurs années.

Sir James sachant donc le moment où Dubreuil n'était pas chez lui, s'y présenta en demandant à parler à Madame. Julie, l'annonça sans difficulté. Comme il n'y avait pas long-temps que Mélanie l'avait vu, et un peu surprise de sa visite, elle lui demanda quel était le motif qui lui procurait ce plaisir? Sir James lui dit: Madame, je viens pour vous proposer de faire votre fortune et celle de M. Dubreuil, si vous êtes assez raisonnable, et lui aussi, pour ne pas dédaigner les offres de l'un des plus riches et des plus généreux lords des trois royaumes.

Mélanie, d'abord stupéfaite, puis indignée du message de sir James, lui demanda avec dignité comment il osait lui faire une proposition aussi infâme pour lui-même, et aussi outrageante pour elle et son mari.

Je me doutais bien, Madame, reprit sir James, qu'au premier abord vous rejeteriez les offres du lord R*** ; mais réfléchissez-y, et mettez en balance d'un côté trois mille livres sterlings qui font soixante — douze mille francs de France, qu'il vous assurera tous les ans, et, de l'autre, la misère la plus affreuse qui ne va pas tarder à vous assiéger, ainsi que M. Dubreuil et le petit Jules. Ne ferez-vous rien pour cet enfant ?.... Ah ! si vous aimez véritablement l'un et l'autre, que votre amitié ne

soit pas stérile, et sauvez-les du
malheur de succomber sous le poids
de tous les besoins, car vos moyens
seront bientôt épuisés, puisque
vous n'avez aucun revenu ni aucun état pour faire face à vos dépenses journalières.

Mélanie allait répliquer, quand
sir James la quitta en lui disant :
Adieu, Madame, j'espère que vous
tirerez plus de profit de vos réflexions que de votre premier
mouvement de vivacité....

Julie entra précipitamment, en
disant : Ah ! mon Dieu, Madame,
qu'est-ce que sir James a donc ? il
est bien agité, il parlait seul en
descendant l'escalier..... Mélanie
était émue au dernier point, et
Julie s'en apercevant, la pria de
lui en dire la cause, ne pouvant

rien comprendre à l'agitation de l'un et de l'autre....

Comme Julie était une fille sage et de bon sens, jouissant de l'entière confiance de sa maîtresse, Mélanie ne balança pas à lui raconter la proposition que sir James venait de lui faire, et la manière dont elle l'avait reçue.

Julie ne partagea pas tout-à-fait l'indignation de Mélanie, mais l'engagea à ne pas dire un mot de cette affaire à son mari, en lui faisant sentir les suites que pourrait avoir une pareille indiscrétion. Mélanie convint qu'elle avait raison, et promit de ne pas lui en parler, bornant sa vengeance à faire défendre sa porte à sir James.

Je ne sais pas si mon lecteur se rappelle que Dubreuil a payé pour un an la location de la maison qu'il

occupe, et que cette année est
révolue en même temps que celle
des leçons d'anglais de sir James.
Dubreuil et Mélanie n'y pensaient
pas ; mais leur propriétaire s'en
occupant pour eux, vint de bon
matin, le lendemain même de
la visite de sir James, s'informer de l'état de leur santé, et les
prier en même temps de lui compter
la petite somme de deux mille écus,
pour payer le loyer de l'année qui
était recommencée depuis quinze
jours.

Comme ils étaient encore cou-
chés, Dubreuil, sur ce prétexte,
chercha à gagner quelques jours ;
mais l'intrépide propriétaire dit
qu'il ne sortirait pas sans recevoir
au moins six mois d'avance, ou,
sinon, qu'il allait faire vendre leurs
meubles.

II.   9

Mélanie eut beau se joindre à
son mari pour l'attendrir sur leur
situation, d'après les pertes im-
menses qu'ils venaient de faire ;
mais il lui dit : Ce n'est pas ma
faute ; c'est de l'argent qu'il me
faut.... Dubreuil, aux abois, lui
dit : Monsieur, il faut que je vous
avoue qu'à présent votre maison
est trop chère pour moi. — Ce n'est
pas ma faute ; il fallait savoir compter avec vous-même. — Mais, monsieur, quand je vous l'ai louée, il
y a un an, j'avais alors au Cap deux
cent mille francs de rentes, et si
je suis malheureux dans ce moment-ci, il ne faut pas m'en accu-
ser, mais en trouver la cause dans
l'embrasement et le pillage de mes
propriétés. — Monsieur, tout cela
n'est pas ma faute. Cependant, pour
vous prouver combien j'y suis sen-

sible et combien aussi j'ai le cœur
bon, vous n'avez qu'à me donner
sur-le-champ quinze cents francs
de France, et dans deux mois et
demi, qui compléteront le quart
de l'année, puisqu'elle est recommencée depuis quinze jours, dans
deux mois et demi, dis-je, vous
aurez eu le temps de trouver une
location moins chère, et je vous
laisserai emporter vos meubles.

Mélanie, indignée de la dureté
de ce vieillard, car il avait près de
soixante-dix ans, conseilla à son
mari de se lever et de lui compter
quinze cents francs. Dubreuil
voyant qu'il fallait en finir, suivit
le conseil de sa femme.

Quand leur cher hôte eut compté
son argent à trois reprises, il sortit
en leur souhaitant une parfaite
santé et toutes sortes de prospéri-

tés, ajoutant : Vous voyez que je ne suis pas difficile à attendrir.

A peine furent-ils seuls, que, sentant le vide que cette somme laissait dans leur caisse depuis qu'elle venait de changer de propriétaire, ils convinrent qu'ils avaient eu tort de ne pas avoir cherché plus tôt à se loger moins chèrement, et Dubreuil sortit pour s'en occuper après le déjeuner.

Il rentra sans avoir loué, n'ayant trouvé que des maisons trop belles ou trop laides, et alla, après son dîner, se promener au parc Saint-James avec Mélanie, sans oublier le petit Jules, qui, approchant de quatre ans, marchait très-bien et les amusait par la gentillesse de ses raisonnemens.

Quand ils furent là, réfléchissant

que leur argent éprouvait tous les
jours de grandes diminutions, soit
par une cause, soit par une autre,
ils se dirent : non-seulement il faut
que nous nous logions promptement, mais il faut de même chercher les moyens de gagner notre
existence, car nous n'avons pas de
quoi vivre un an sans recourir à
la bourse de Julie, ce qu'ils voulaient éviter.

Mélanie dit : Sans faire mention
de notre malheureux concert, je
donnerai des leçons de musique,
j'enseignerai le français, la géographie, et je broderai. Dubreuil
ajouta ; J'enseignerai ce que je sais
sur le violon, j'en sais assez pour
commencer des jeunes gens ; j'enseignerai aussi le français, et
comme je peins un peu la minia-
ture, je tâcherai de faire quelques

portraits, dont à la vérité tout le
mérite sera peut-être la ressem-
blance; mais à cela près, ils en
auront toujours bien pour leur
argent, car j'en ferai à tous prix et
à bon compte.

Voilà donc le mari et la femme
consolés des chagrins du matin,
d'après le gain qu'ils comptent faire
sur le produit de leurs talens. Dès-
lors, ils ne s'occupent plus que du
plaisir de voir folâtrer leur enfant
qu'ils venaient de perdre de vue
dans le moment de leur spéculation,
lorsqu'ils l'aperçurent de loin,
occupé à remplir de bonbons ses
poches et sa petite bouche.

Ils coururent à lui, et le trouvèrent avec sir James qu'il avait
reconnu, et un très-bel homme
d'environ quarante-cinq ans, qui
s'amusait beaucoup de l'embarras

de Jules, qui se dépitait de ne savoir où placer tout ce qu'il lui donnait.

Mélanie voulut gronder son fils ;
mais l'inconnu, qui parlait très-
bien français, lui dit: Belle dame, le
petit n'a pas tort; il a reconnu sir
James qui lui a fait signe d'approcher, et tous les enfans en eussent
fait autant que lui. Dubreuil fut du
même avis, et Jules fut bientôt
pardonné, car Dubreuil, qui aimait
sir James, n'était pas fâché de la
conduite de son fils, qui annonçait
un cœur sensible à l'amitié.

Sir James ayant dit à Mylord
(car c'était lui), que M. et Madame
Dubreuil parlaient très-bien anglais,
il leur en témoigna sa satisfaction, et
la conversation s'engagea dans cette
langue. Dubreuil, qui ne se doutait

de rien, s'y prêta de la meilleure grâce du monde.

Mélanie, dont le tact fin lui fit reconnaître d'abord le piége dans lequel donnait son mari, se trouvait fort embarrassée, ne pouvant pas le mettre au courant par le moindre signe, puisqu'il n'était pas dans la confidence; ne pouvant pas non plus faire mauvaise mine à sir James, elle se dépitait intérieurement de voir la bonhomie de Dubreuil; enfin, soit révolution d'être contrariée, soit par indisposition naturelle à son état, puisqu'elle était enceinte de quatre mois, Mélanie se trouva mal : on la fit bientôt revenir, Mylord offrit sa voiture pour la reconduire, Dubreuil l'accepta; Mélanie voulait la refuser, mais mylord insista, et lui présentant la main en même-temps, elle fut forcée d'y monter.

On se doute bien que Dubreuil invita mylord à se reposer un moment chez lui, et qu'il ne fut pas refusé ; alors rendant grâce au hasard dont il était si bien servi, pour utiliser l'heureuse occasion que Dubreuil lui fournissait de faire sa connaissance, il se fit connaître à son tour pour être lord R ***, jouissant de quelque considération, même dans les deux chambres ; et en conséquence, il offrit ses services en tous genres au mari, comme à la femme, ajoutant qu'il avait à deux lieues de Londres une maison dont le jardin passait pour être le plus beau de tous les environs de la capitale, et qu'il serait très-flatté, s'ils voulaient bien lui permettre de venir les prendre le lendemain matin pour

y passer la journée ; que là le charmant petit Jules aurait de quoi
courir et s'amuser avec des fleurs.

Comme les malheureux ont toujours les bras tendus vers l'espérance,
on ne sera pas surpris si Dubreuil,
jeune et confiant, croyant que
c'était autant pour lui que pour sa
femme que mylord témoignait le
désir de leur faire passer une journée agréable, ne balança pas à le
remercier et à accepter sa proposition ; mylord se retira très-satisfait de sa première entrevue.

Mélanie n'ayant donné aucun
témoignage d'approbation ni d'im-
probation pendant la visite de mylord et sa conversation, Dubreuil
lui dit : Ma bonne amie, je suis
trop franc pour te cacher combien
je suis surpris de la froideur avec
laquelle tu as reçu les offres obli-

geantes de lord R ***, à qui je
crois devoir les plus grandes obligations, puisqu'il est bien flatteur
pour nous d'avoir une aussi puis-
sante protection dans un pays où
nous sommes étrangers et sans
appui ; qui sait où cela peut nous
mener !....

A rien de bon ! dit Mélanie en
soupirant...... — Comment ! que
veux-tu dire ?.... Elle venait d'en
dire trop pour en rester là ; d'ailleurs elle n'était pas dissimulée,
et si elle avait fait à son mari un
mystère de la visite de sir James,
la prudence seule l'y avait engagée,
croyant qu'elle n'aurait pas de suite,
d'après la manière dont elle l'avait
congédié, étant bien loin de s'attendre au chapitre des événemens.

Mélanie donc avoua à son mari
les propositions que lord R ***,

lui avait fait faire, il y avait quelques
jours, par un inconnu, ajoutant que
connaissant la délicatesse de ses
sentimens, étant bien persuadée
aussi qu'il préférerait souffrir tous
les besoins plutôt que de jouir du
produit d'une pareille infamie, elle
avait chassé ignominieusement
l'ambassadeur de ce lord, et que
si elle venait de se trouver si mal
dans le parc, c'était du dépit qu'elle
avait d'avoir fait cette maudite rencontre, et de voir avec quelle
facilité Dubreuil donnait lui-même
dans tous les moyens qui s'offraient
de le tromper.

Mais comment sais-tu si c'est le
même lord pour qui cet inconnu
est venu te faire des propositions?
—Parce qu'il me l'a nommé, et qu'il
vient de se nommer lui-même. —
Mais comment encore allons-nous

faire maintenant pour rompre avec
lui? Dire que tu es malade.... —
Il ne le croira pas, et quand les
grands ne vous font pas du bien à
leur fantaisie, ils finissent ordinairement par vous faire du mal, et
c'est ce qu'il faut éviter... Hé bien,
dit Dubreuil, à présent que je connais le but de toutes ses politesses,
il n'est plus à craindre pour moi :
allons demain à la campagne, puisque je le lui ai promis, amusons-
nous bien, mais tenons - nous - y
dans une telle réserve, sans jamais
nous séparer, que nous puissions
parvenir à le rebuter de notre
société.

Le lendemain lord R.*** se fit
annoncer et fut reçu avec tous les
égards possibles, mais comme un
homme dont on se défie. La voiture
dans laquelle il fit monter Mélanie

était encore plus belle que celle de la veille, et pendant que Dubreuil donnait des ordres à Julie, mylord lui demanda comment elle la trouvait ? — Très-belle. — J'en suis charmé, puisque je vous la desine....... Dubreuil monta, et en trois quarts d'heure on arriva au château, qui était très-beau, meublé richement et avec goût.

Quant au jardin, c'était véritablement le paradis terrestre, où l'on était perdu à dix pas par des bosquets, des rivières, des ponts et des montagnes qui se présentaient à votre passage et vous mettaient dans l'embarras de savoir comment vous retrouver; ajoutez que dans les bosquets il y avait toujours des eaux jaillissantes pour y entretenir la fraîcheur et engager à s'y reposer même en plein midi,

Dubreuil et Mélanie, enthousias-
més de la beauté de ce séjour, ne
purent s'empêcher d'en faire leurs
complimens à lord R***, qui trouva
facilement au premier détour l'occasion de dire à Mélanie : Belle
dame, tout ce qui flatte votre vue
sera à vous quand vous le voudrez...
Elle le regarda en rougissant et en
faisant mille réflexions qui se croi-
sèrent, étant bien opposées les unes
aux autres. Mais je crois qu'il y avait
bien de quoi penser, de l'aveu
même de la jolie dame qui me lit
en ce moment-ci, quelque vertueuse
qu'elle soit; car, d'un côté, la fortune lui ouvrait les portes de son
temple, tandis que d'un autre l'in-
digence lui tendait les bras, et
qu'elle ne pouvait pas se dissimuler
qu'elle était près d'y tomber.

Le dîner fut des plus délicats et

même gai ; car lord R*** avait de
l'esprit et de la finesse, puisque,
malgré que Dubreuil ne quittât pas
sa femme plus que son ombre, il
trouva le moyen de lui dire à la dé-
robée qu'il s'apercevait bien qu'elle
avait été assez enfant pour avoir
mis M. Dubreuil dans la confidence
de ce qu'il n'aurait dû savoir qu'à-
près qu'ils se seraient concertés
ensemble auparavant.

Le soir approchant, Dubreuil et
Mélanie trouvèrent dans un cabinet de verdure une jolie collation
servie aux bougies, après laquelle
lord R*** leur proposa de passer
non-seulement la nuit, mais même
quelques jours au château, où il
les priait de se regarder comme
chez eux, ajoutant qu'il allait donner des ordres en conséquence;
mais ils insistèrent pour revenir

le soir même à la ville, et il les
y ramena.

Quand ils furent seuls, ils ne
purent que se louer des procédés
de lord R ***; mais Mélanie confia
à son mari les offres brillantes qu'il
sortait de lui faire. Dubreuil avoua
qu'il fallait qu'il s'y fût pris bien
adroitement, car il ne s'en était
pas douté; puis il lui demanda ce
qu'elle lui avait répondu. — Que
j'aimerai toujours mon mari sans
partage..... Dubreuil fut enchanté
de la conduite de sa femme, et lui
dit: D'après les honnêtetés de lord
R ***, nous ne pouvons pas rompre
avec lui brusquement en lui faisant refuser notre porte ; mais
quand je serai ici, Julie le laissera
monter; quand tu y seras seule,
elle lui dira que nous sommes sor-
tis; et comme cela arrivera sou-

vent, il finira par renoncer à faire ta conquête.

Mélanie ayant trouvé cette idée très-bonne, on sonna Julie, à qui l'on donna la consigne que l'on venait d'imaginer; et comme elle était pleine d'intelligence et toute dans l'intérêt de ses maîtres, elle promit de l'observer avec exactitude.

Le lendemain matin Dubreuil sortit de bonne heure pour chercher un logement, dans l'intention de l'occuper le plus promptement possible à l'insu de mylord; il eut bien de la peine, mais enfin il en trouva un dans *Perle-Street*, à raison de deux mille francs de France, par an, dont il fut dans l'après-dîner payer six mois d'avance à la veuve d'un ministre, qui occupait le second étage avec ses deux demoiselles, et qui lui loua le premier;

ce qui lui fit quatre mille francs de
moins par an que dans le logement
qu'il occupait alors. Il trouvait encore un avantage à aller habiter un
quartier très-populeux et très-éloi-
gné de celui qu'il voulait quitter
dans l'espérance de dérouter lord
R***.

Il est, je crois, inutile de dire
que l'on était convenu, même avec
Julie, de ne point parler du déménagement que l'on était sur le point
de faire, lorsqu'elle l'annonça.

Je viens, dit-il avec un air
d'aisance et de franchise, savoir
comment mes nouveaux amis ont
passé la nuit; et dans le cas où ils
se seraient bien trouvés de la petite promenade d'hier, je viens
aussi pour les prier de vouloir bien
m'accompagner demain dans ma
maisonnette; j'y ai affaire pour

donner des ordres à mon concierge et à mon jardinier ; car d'après que je me suis aperçu qu'elle vous plaisait assez, mon intention est de vous engager à venir y passer l'été : dans la position de madame , la campagne lui fera le plus grand bien ; le petit Jules y viendra comme un champignon ; je vous y laisserai une voiture à vos ordres pour venir à Londres ou vous promener dans les environs , enfin comme cela vous fera plaisir ; et quand vous voudrez bien me faire la grâce de me recevoir , j'en serai très-reconnaissant.

Quant à la partie d'accompagner lord R*** le lendemain , Dubreuil lui dit que cela lui était impossible, vu qu'il avait promis à des Français d'aller dîner chez eux avec Mélanie; ensuite il ajouta : En quoi ai-je mérité les offres séduisantes que vous me faites? Je suis trop loin de votre rang, pardonnez-moi si j'ajoute même de votre âge, pour croire à la sincérité de vos sentimens pour moi, puisqu'il ne se trouve aucun rapport entre nous deux. Quelle couleur pourriez-vous donner vous-même à votre noble désintéressement, sans parler du jugement du public?...... Je n'y vois rien que d'offensant pour moi ainsi que pour ma femme, car nous ne pouvons pas nous dissimuler tous trois qu'elle seule est la cause de vos égards pour moi.....

Lord R***, un peu déconcerté d'abord de la naïveté de cette sortie, lui dit : Monsieur Dubreuil, vous prenez les choses singulièrement au tragique ! Voici le fait. J'ai appris vos malheurs par sir James, j'y ai été sensible, et comme je ne suis content que quand je fais des heureux, j'ai cru ne pas pouvoir mieux placer mes bienfaits qu'en me rendant utile à une petite famille aussi intéressante que la vôtre ; j'ai voulu que vous pussiez économiser votre bourse pendant six mois, et pendant ce temps-là m'occuper de vous placer avantageusement. Si vous appelez cela une conduite offensante pour vous et madame ; je ne me connais plus alors en bons procédés, et je vous avouerai que je n'aurais jamais cru qu'un Français, homme d'esprit, fût capable d'une semblable méprise . . . . . . Puis ayant détourné la conversation sur un autre sujet, il sortit au bout de quelque temps, en priant le mari et la femme de le regarder toujours comme leur meilleur ami.

Mélanie dit à son mari : Je crains
bien, mon ami, que tu ne te sois
attiré dans ce lord un puissant en-
nemi, car pendant que tu lui par-
lais, j'ai remarqué en lui une co-
lère concentrée qu'il a masquée des
dehors de la bienfaisance et de la
bonté, cependant je le crois trop
honnête homme pour employer la
trahison dans sa vengeance, s'il est
capable de s'y livrer. Je le crois
aussi, reprit Dubreuil ; et ils en
restèrent là.

Ils furent huit jours sans entendre
parler de mylord ; mais le neuvième
ils en reçurent un billet ainsi conçu :

« Si Monsieur et madame Du-
» breuil n'étaient pas deux enfans
» pétris de préjugés, ils ne fuiraient
» pas leur bonheur et leur meilleur
» ami. »   Lord R***.

P. S. « Comme je les aime toujours malgré eux, je les prie de me donner des nouvelles de leur santé et de leur tête.»

Dubreuil ne répondit pas au corps du billet, mais il remercia mylord de l'intérêt qu'il voulait bien prendre à leur santé, lui en souhaitant une aussi bonne que la leur.

Le domestique chargé de cette réponse étant parti, Dubreuil lut et relut le billet qu'il venait de recevoir, et croyant en reconnaître l'écriture, il alla chercher le billet anonyme qui avait accompagné les cent guinées qu'on lui avait fait tenir il y avait quelque temps.

Mélanie et lui les ayant confrontés l'un à côté de l'autre, reconnurent que c'était véritablement à lord R*** qu'ils étaient redevables de cette somme, et furent très-mécontens de cette découverte, car ils croyaient qu'elle venait d'une source plus pure ; mais étant hors d'état de la lui rendre , ils résolurent de garder le silence.

Quinze jours se passèrent sans entendre parler de lui, lorsque Dubreuil, enchanté d'en être oublié , commença son déménagement sans avoir encore conduit Mélanie à sa nouvelle demeure , se proposant de ne la lui faire connaître qu'au moment où elle pourrait y entrer sans avoir rien à y désirer.

La veille de sortir tout-à-fait du logement qu'ils occupaient, Dubreuil voulant présider seul à son déplacement, Mélanie prit un livre, Jules par la main, et se rendit au parc, où, s'étant assise après quelques tours de promenade , elle se mit à lire , et Jules à jouer.

II.

Un petit garçon de son âge, qui était avec sa maman, danne d'environ trente ans et très-bien mise, vint s'asseoir à une certaine distance d'elle ; les deux enfans s'approchèrent l'un de l'autre, et firent bientôt connaissance en mêlant leurs joujoux et en folâtraint ensemble. Mélanie ne fut pas fâchée de l'occasion que son fils trouvait de s'amuser, et comme elle était plongée dans les Méditations d'Hervey, elle ne jetait que de loin en loin un coup-d'œil sur lui, loorsque la nuit l'avertissant que ce n'était plus le temps de lire, elle ferrma son livre et fut fort étonnée de voir Jules à cent pas d'elle, qui s'en allait tranquillement avec cette dame et son fils : elle courut après, mais ne les rattrapa qu'à la sortie du parc, et ne fut pas peu surprrise

de voir un domestique mettre les
deux enfans dans une très-belle
voiture, et que cette dame lui faisait signe, en riant, d'approcher,
ajoutant qu'elle était bien fâchée
de la peine qu'elle venait de prendre pour courir après son charmant
enfant, mais que les deux petits
s'étant mis à courir comme des fous,
elle avait été obligée de faire comme
eux pour les rattraper; cependant,
qu'étant tous réunis, comme elle
demeurait un peu plus loin que
Dower-Street, elle se trouverait
heureuse de pouvoir la remettre
chez elle, si par hasard elle habi-
tait dans ces environs-là ; qu'elle
lui paraissait être française ; qu'elle
aimait beaucoup les dames de cette
nation, parce qu'elles étaient ordinairement fort aimables, et qu'elle

serait enchantée d'avoir l'honneur
de faire sa connaissance.

Mélanie ne crut pas devoir faire
un mystère de sa demeure, n'étant
pas fâchée intérieurement de la rencontre d'une personne que tout
annonçait être d'un rang distingué.
Cette dame lui dit qu'elle était
très-satisfaite de l'occasion qui se
présentait de la remettre chez elle,
et toutes deux montèrent dans la
voiture, en disant au domestique
Dower-Street.

A peine la voiture fut en route,
que cette dame dit à Mélanie : ces
enfans sont si turbulens, que je
crains qu'ils se blessent en cassant
une glace, l'idée seule me fait fré-
mir... Permettez-moi, Madame,
de les baisser, je fermerai les stores.
Mélanie fut bien loin de s'opposer

à cet acte de prévoyance, et, tout
étant fermé, n'ayant plus rien à
craindre pour les enfans, ils se mirent à jouer, et les dames à causer
sur l'Angleterre, la France et les
modes des deux pays.

Sans être mauvaise langue, je
suis forcé d'avouer à mon lecteur
que la conversation fut intaris-
sable, et je suis persuadé qu'il s'en
doute bien.

Il y avait plus d'une heure que
Mélanie était en route, sans qu'elle
s'en aperçût, il n'y eut que quand
elle sentit que la voiture roulait
sur terre, qu'elle dit à cette dame
avec la plus grande surprise qu'elle
était bien éloignée d'avoir trouvé
le temps long à sa compagnie, mais
que cependant elle devrait être
arrivée chez elle, et qu'elle sentait
bien qu'elle s'en éloignait, puis-

qu'elle avait quitté le pavé, ajoutant qu'elle la suppliait de vouloir
bien lui expliquer ce mystère, et
de lui dire en un mot où elle la
conduisait.

Que devint-elle, quand cette
dame lui dit : Que craignez-vous,
belle dame, puisque vous êtes destinée à faire l'ornement du séjour
enchanteur où je vous conduis, et
que le bonheur vous y attend?...

Mélanie sentant alors dans quel
piége épouvantable elle venait de
tomber, poussée par le désespoir,
se mit à crier de toutes ses forces
pour implorer du secours; Jules
entendant crier sa maman, se mit
à crier encore plus fort, ce qui fit
un carillon bien fait pour fixer l'attention des passans; mais comme
il était nuit close depuis une heure
et demie, et qu'ils étaient dans un

chemin de traverse, ils étaient absolument seuls sur cette route ; d'ailleurs un homme et même deux ne se seraient pas exposés à arrêter une voiture conduite par un gros cocher et escortée de deux vigoureux domestiques ; ainsi Mélanie en fut pour ses cris. Elle voulut ouvrir les stores, mais ils fermaient à secret ; elle voulut les briser, et jamais elle ne put en venir à bout : alors elle n'eut plus recours qu'aux larmes et à la prière, pour attendrir cette misérable qui la ravissait à ce qu'elle avait de plus cher au monde !... Mais cette femme cruelle fut inexorable !... elle alla même jusqu'à lui dire : de quoi vous plaignez-vous, Madame ? de ce que l'on veut vous rendre heureuse malgré vous !... Soyez persuadée qu'à Londres comme à Paris il y a cinquante mille femmes qui voudraient bien être à votre place, et qui auraient le bon esprit de ne pas refuser leur fortune et celle de leurs maris.

Mélanie ne pouvant pas contenir son indignation, lui dit: Tais-toi, vile créature, et ne me parle que lorsque je t'interrogerai, je te méprise autant que lord R ***, car il faut qu'il soit un être aussi infâme que toi, pour prétendre se faire aimer en employant des moyens aussi atroces......

Cette femme ne répliqua pas, donna des rafraîchissemens aux deux enfans, qui s'endormirent; Mélanie ne voulut rien prendre, elle pleura toute la nuit, et sur les six heures du matin la voiture arrêta; elle en descendit dans la cour d'un très-beau château, en accep-

tant la main d'un superbe homme
qui n'avait pas trente ans, et qui
vint lui ouvrir la portière.

Comme il avait les dehors les
plus séduisans, Mélanie lui dit
avec douceur: Sir, je vous plains
bien sincèrement d'être dans cette
occasion-ci l'homme d'affaires de
lord R ***, et je vous avoue que
je ne vous donne la main qu'avec
la plus grande répugnance, puisque
je vois que vous me conduisez vers
lui. Mais je ne tarderai pas à
faire connaître à ce scélérat qu'il
ne me ravira l'honneur qu'après
m'avoir ôté la vie !!!....

Ce jeune homme lui dit: Comment, belle dame ! vous connaissez
donc lord R ***? — Que trop ! pour
mon malheur..... puisqu'il en-
fonce aujourd'hui le poignard dans

le sein de mon mari et dans le mien !....

Vous êtes dans l'erreur, Madame, car je ne suis point du tout son homme d'affaires, et vous n'êtes pas chez lui.... Mélanie, au comble de la surprise, lui dit : Chez qui suis-je donc, sir.... et qui êtes-vous ?... Comme pendant ce dialogue ils étaient entrés dans un salon magnifique, Je suis, dit-il, Madame, en tombant à ses genoux et baisant avec transport l'une de ses mains, je suis un homme qui vous adorera toute sa vie, et qui vous demande mille fois pardon du chagrin qu'il vous a occasionné cette nuit......

Mélanie passant d'une surprise à une autre, lui dit : Mais, sir, il y a de la folie dans votre procédé ! Comment! vous faites enlever une

femme qui aime son mari , qui
dans ce moment-ci porte même
un gage de leur amour mutuel ,
vous privez un père de son fils , et
vous me jurez que vous m'adorerez
toute la vie..... Vous ne réfléchissez
donc pas que l'amour est un sentiment libre qui doit être partagé ;
que je ne vous connais pas , que je
vous aime encore moins , et que le
crime épouvantable dont vous êtes
aujourd'hui coupable envers moi ,
vous est un sûr garant que je vous
abhorrerai éternellement , si vous
ne me rendez dès cet instant ma liberté.... Au contraire, je vous jure,
sur l'honneur , de vous accorder
un généreux pardon si vous cédez
à ma prière. J'ignore où et chez
qui je suis ; hé bien, Monsieur,
je ne m'en informerai jamais, et
si le hasard me l'apprend un jour,

vous devez bien croire que mon
mari n'en saura jamais rien, et
qu'il n'y aura sur la terre aucune
puissance capable de me faire ré-
véler ce fatal secret....

Prétendez-vous employer la violence et me tenir prisonnière
toute ma vie, pour avoir le temps
de m'adorer? je ne peux le croire,
car ce ne serait pas le moyen de dé-
truire l'aversion que vous m'ins-
pirez!... Cependant, si vous n'êtes
pas le plus cruel et le plus per-
verti de tous les hommes........
oubliez-moi, j'oublierai tout à mon
tour.....

Ne me demandez pas, madame,
une chose impossible du moins
pour aujourd'hui, reprit ce jeune
homme, car vous devez être épuisée
de besoin et de fatigue; permettez-
moi de vous faire servir à déjeuner,

je vous ferai conduire après cela
dans un appartement agréable et
commode, où une jeune personne
de dix-neuf ans, douce et honnête,
puisqu'elle est la fille de mon concierge, sera à vos ordres; vous serez ici en sûreté comme chez vous:
si j'idolâtre une femme vertueuse,
je saurai aussi la respecter, car
mon intention est de n'attaquer
votre cœur qu'à force de bienfaits
dont je veux vous accabler, ainsi
que Monsieur Dubreuil, dont les
malheurs me sont connus, et que
je veux venger des injustices du
sort. En même temps il sonna, et
fit servir à déjeuner par un domestique et la jeune personne dont il
venait de lui parler.

Mélanie la trouva très-jolie, et
son air doux et décent lui plut

infiniment , dans l'espérance d'en
tirer quelque service essentiel.

On se doute bien que Jules ne
fut pas oublié pendant le déjeuner,
ni pour les caresses ni pour les
bonbons ; mais quand on eut des-
servi, Mélanie dit : Sir , je ne
peux m'empêcher de vous avouer
que votre conduite est un tissu
d'inconséquences....... Comment !
vous prétendez donc acheter le
déshonneur de mon mari !..... sur
quel fondement établissez - vous
qu'il ait des sentimens assez bas
pour jamais y consentir?....—Belle
dame, je ne demande pas qu'il y
consente , mais seulement qu'il ne
cherche pas à pénétrer dans un
mystère qu'un mari doit toujours
ignorer , quand une femme veut
faire son bonheur et celui de sa fa-

mille....—Mais mon enlèvement,
Sir, il ne peut pas l'ignorer.....
Dites-moi, je vous prie, comment
vous pourrez vous en justifier à ses
yeux....... Ah! madame, si vous
consentiez à mon bonheur......
non-seulement je serais bientôt jus-
tifié, mais je deviendrais même
son meilleur ami; dès-lors des offres de services faites avec désintéressement et acceptées par nécessité formeraient entre nous des
liens d'amitié indissolubles.....

Mais, Sir, vous passez avec tant
de facilité d'une folie à une autre,
qu'en vérité vous méritez mon admiration! Faites-moi donc la grâce
de me raconter le rêve que vous
faites dans ce moment-ci.

Il ne tient qu'à vous, madame, que
ce n'en soit pas un, en me rendant

le plus heureux de tous les hommes!
—Mais justifiez vous donc, Sir......
Oui, madame, et voici comment:

Hier, je revenais de Londres,
à deux lieues d'ici je rencontre une
chaise de poste, la vue de ma voiture fait jeter les hauts cris à une
dame qui est dedans. Mon cocher
se met par mon ordre en travers
de la route, je vole à son secours
avec mes gens; le postillon qui
conduit la chaise ne fait pas de ré-
sistance, je vous en arrache avec
votre fils et vous porte dans ma
voiture, pendant ce temps la chaise
disparaît..... Le saisissement vous
a fait évanouir, et vous n'êtes en
état de me raconter cet accident
qu'à une demi-lieue de mon château, notez que nous sommes ici
à vingt lieues de Londres. Vous
tombez d'épuisement, je vous y
traite avec tous les égards que vous

méritez ; vous avez besoin de repos, je vous conduis dans un appartement où vous vous enfermez
bien. Quand vous avez accordé
quelques heures au sommeil, nous
dînons. Comme vous brûlez d'impatience d'être avec votre cher
mari, je me rends à vos vœux, je
vous reconduis à Londres, je vous
y remets dans ses bras ; et je vous
demande, madame, si, d'après le service que je lui rends, je ne deviens
pas son meilleur ami !...... — Eh
bien, sir, hâtez-vous de le devenir
et partons...—Volontiers, madame,
mais quand je serai devenu le
vôtre !.....—Ah ! je vois bien que
nous venons de rêver l'un et l'autre.
Cependant, dites-moi, quel terme
comptez-vous mettre à ma capti-
vite ?... Celui, madame, dit-il en
lui baisant la main, où nous ne

II.   12

rêverons plus ni l'un ni l'autre......
Mélanie rougit, et voyant que Jules
s'endormait, ayant elle-même le
plus grand besoin de repos, elle se
fit conduire à son appartement
par Betzy, la fille du concierge.

Ce château était magnifique, l'appartement qu'elle allait occuper
était meublé avec goût, la vue en
était des plus agréables, dominant
sur un parc immense et qui lui
parut superbe. Ce qui la flatta le
plus, ce fut de voir que sa nouvelle femme-de-chambre pourrait
coucher dans un petit cabinet très-
propre, disposé à cet effet à côté
d'elle, et sous la même clé, qu'elle
pourrait mettre sous son chevet,
car il n'y avait qu'une seule entrée.

Sa conversation avec son ravisseur avait été si orageuse et si ani-
mée, qu'il ne lui était pas venu dans

l'idée de lui demander chez qui
elle était. Ce qu'elle fit cependant
à Betzy, qui la déshabillait.

Cette fille lui apprit que son
maître se nommait lord H***, jouissant d'un million de France de revenu, et qu'il était en même temps
l'homme le plus doux et le plus
généreux de toute l'Angleterre,
mais capable de faire toutes les
folies imaginables et les plus grands
sacrifices pour satisfaire ses passions ; que cependant elle n'aurait
rien à redouter de lui tant qu'il la
tiendrait au château ; car il avait
un si grand fond de délicatesse, que
ne voulant rien devoir qu'à son
cœur, elle était bien sûre qu'il ne
chercherait à la séduire qu'à force
de bons procédés.... Mais, Betzy,
comment lord H***, riche et bel
homme comme il l'est, ne se ma-

rie-t-il pas ? — Madame, c'est parce
qu'il a une antipathie très - pro-
noncée pour le mariage, car on
lui propose tous les jours les meilleurs partis des trois royaumes.

Jules fut aussitôt endormi que
couché dans le lit de sa maman,
qui en fit autant. Après avoir congédié Betzy, bien fermé sa porte
à double tour et avec deux ver-
roux, sans oublier de regarder sous
le lit et dans la cheminée, elle
ne se coucha pas sans penser à son
cher Dubreuil, à son inquiétude
et à ses chagrins, et ne put s'empêcher de verser des larmes en réfléchissant à quelle condition ce
jeune lord voulait gagner l'amitié
de son mari.... Cependant, après
la nuit cruelle qu'elle venait de
passer, comme elle tombait de
sommeil, elle s'endormit jusqu'à

cinq heures du soir, où en s'éveillant elle embrassa Jules et sonna Betzy.

Quand elle fut habillée, Betzy lui dit : Madame , si vous voulez descendre dîner, lord H*** n'attend que vous. Mélanie descendit en donnant la main à son fils.

Il vint au-devant d'elle , et lui baisant respectueusement la main, lui fit des complimens sur la fraîcheur de son teint, qu'il attribua à un sommeil paisible , dont il lui témoigna la plus grande satisfaction; puis ils se mirent à table : lord H*** chercha le moyen d'égayer le dîner par d'excellens vins et des liqueurs des îles : après le café il proposa une promenade dans son parc , et Mélanie [accepta.

Sans être aussi varié que celui de lord R***, celui-ci avait quelque

chose de plus sombre qui inspirait
des passions douces et donnait à
l'âme une teinte mélancolique.

Après s'être bien promenés, mylord fit entrer Mélanie dans une
laiterie, où elle trouva pour elle
et pour Jules des rafraîchissemens
de toute espèce. Cet enfant étant
à jouer à la porte, il dit à Mélanie :
Eh bien ! cruelle femme, vous ne
voulez donc pas que je vous recon-
duise à Londres?...... — Non, ce
voyage me coûterait trop cher....
Elle se leva en même temps et
sortit sous prétexte de prendre l'air;
il la suivit sans témoigner d'hu-
meur, et quand ils furent dehors
elle lui dit, pour fixer son imagination d'un autre côté : Je suis
bien curieuse de savoir par quelle
fatalité pour moi vous vous êtes
donné la peine de me remarquer.

Malgré la dureté de votre expression, Madame, je vais vous satisfaire.

Vous savez qu'ayant du goût pour
la promenade du parc Saint-James,
vous y êtes allée souvent avec votre
petit Jules, et quelquefois avec
M. Dubreuil ; je vous y ai vue
six fois, et six fois j'en suis sorti
toujours plus amoureux que la première, lorsqu'il y a trois semaines,
vous ayant fait suivre, on m'apprit
où vous demeurez, qui vous êtes,
et les malheurs de M. Dubreuil.
Je brûlais du plus tendre et du
plus sincère amour, avec l'intention de vous faire le sort le plus
heureux, si j'avais le bonheur de
ne pas vous déplaire ; mais je ne
savais comment m'y prendre pour
vous faire part de mes sentimens
et tâcher de vous les faire partager,

lorsque le hasard me fit rencontrer
mistriss Jocson, qui est la femme
qui vous a amenée ici ce matin.
Comme je la connais pour être
très-spirituelle, et en même temps
la femme la plus adroite pour faire
des mariages et former des nœuds
d'amour de toutes les espèces,
enfin pour être un diable en in-
trigues, dont elle fait son état,
je lui ai avoué que je vous aimais
à l'idolâtrie, mais que vous étiez
mariée ; que malheureusement je
savais que vous aimiez votre mari,
et que cette dernière circonstance
paralysait toutes les démarches que
je voulais faire pour vous obtenir...
Elle s'est mise à me rire au nez,
ajoutant que si je voulais lui donner
deux cents guinées, elle se faisait
fort de vous amener ici sous quinze
jours ; que ce serait à moi de finir

ce qu'elle aurait commencé : je
lui en ai promis cinq cents , si elle
réussissait dans son entreprise ; je
les lui ai comptées il y a quatre
heures , et elle vient de repartir
pour Londres avec sa voiture et
ses domestiques de louage qu'elle
tenait depuis quinze jours à l'affût
de toutes vos démarches , épiant
l'occasion de vous trouver seule ,
étant par son adresse bien sûre de
vous faire tomber dans quelque
piége.

Mais , reprit Mélanie , par quel
hasard vous êtes-vous trouvé ici ,
tout prêt à me recevoir à six heures
du matin ; car dans la supposition
où cette femme infâme réussirait ,
vous ne pouviez pas en deviner le
moment ? — C'est vrai, Madame,
mais elle me l'a fait savoir par un
exprès, qu'elle tenait planté au

près de la voiture pour venir promptement m'avertir quand vous seriez dedans ; alors je suis monté moi-même en voiture ; et suivant la grande route j'ai eu quatre lieues de moins à faire que vous, à qui on a fait prendre par la traverse ; ce qui m'a donné le temps de me trouver à votre arrivée.

Mélanie ne put cacher à lord H*** combien elle était humiliée que dans son sexe on trouvât des monstres abominables comme cette mistriss Jocson, qui, avec les dehors les plus heureux, faisait le plus infâme, et en même temps le plus dangereux de tous les métiers ; car où en serait-elle, si, donnant un jour de la publicité à son crime, elle venait à la poursuivre judiciairement.

Madame, elle s'en retirerait, reprit lord H***, tant par son

esprit que par ses protections,
car depuis le premier lord de
l'amirauté, jusqu'au dernier des
hommes en place, tout le monde
lui a des obligations, sans en ex-
cepter bien des dames et des
demoiselles très distinguées, qui,
dans des momens orageux, vont
faire une neuvaine chez elle, pour
en sortir les unes toutes prêtes à
se marier, et les autres à recevoir avec les transports de la plus
tendre amitié leurs maris qui
arrivent de la mer. —En vérité,
tout ce que vous me dites me
cause de la surprise et de l'indignation. Hâtez-vous donc de me
reconduire à Londres, pour que
j'y puisse oublier ce que j'apprends
aujourd'hui de défavorable à l'espèce humaine.....

Ah! Madame, dit lord H*** avec

feu, accordez-moi le dénoûment
de notre rêve, et demain matin
vous êtes dans Dower-Street......
Ah! reprit Mélanie avec l'accent
de la douleur, restons plus tôt
tout éveillés!.... Ils regagnèrent
le château, où Mélanie s'enferma
dans son appartement pour y
pleurer, ne voyant pas un terme
à ses maux sans le secours de la
Providence.

Mélanie est bien à plaindre,
sans doute; mais son mari ne l'est-
il pas aussi, d'avoir perdu depuis
près de deux jours, sans savoir
ce qu'ils sont devenus, sa femme
et son fils, les plus tendres objets
de ses affections? Et mon lecteur
n'est-il pas curieux que je lui en
donne des nouvelles?

Il saura que Dubreuil, de retour
de son nouveau logement qu'il

venait de finir de faire arranger,
puisqu'il devait aller l'habiter le
lendemain, étant forcé de rendre
dans la journée les clefs de celui
qu'il quittait. Dubreuil, donc, en
arrivant, demanda à Julie où était
Madame. Julie répondit : Monsieur,
je n'en sais rien et j'en suis bien
inquiète.... — Comment ! tu n'en
sais rien !.... Mais voilà deux heures
qu'il fait nuit, elle ne peut plus être
à la promenade. Jamais elle ne va
seule chez personne : où est-elle
donc, Julie ?..... — Monsieur, je
tremble qu'il ne lui soit arrivé quelque chose de fâcheux, puisqu'elle
n'est pas de retour. Je vous attendais avec impatience pour recevoir
vos ordres ; mais si je n'avais con-
sulté que mon cœur, je l'aurais
peut-être trouvée à présent, car
j'aurais couru toute la ville.

Dubreuil lui dit avec la plus grande émotion : C'est à moi de courir toute la nuit. Enfin, jusqu'à ce que je la retrouve, reste ici pour la recevoir ; et il partit.

Ses premiers pas tendirent vers le parc et ses environs, d'où il ne tira aucun éclaircissement. De là il alla chez tous les Français de sa connaissance, qui prirent beaucoup de part à sa peine, mais sans pouvoir y apporter de soulagement ; car aucun d'eux ne put lui donner la moindre nouvelle de sa femme.

Il rentra à minuit, épuisé de fatigue et le cœur nâvré de chagrin. Il ne put ni souper, ni dormir, car il ne se coucha pas, ayant l'imagination échauffée par mille réflexions plus affligeantes les unes que les autres. Ses soupçons tombèrent, comme on peut bien s'en

douter , sur mylord R*** : en conséquence il attendit avec impatience le réveil de la nature , pour
s'informer de lui dans ses environs,
où, entrant dans les plus petits détails , on lui apprit que lord R***
n'était pas sorti de Londres depuis
quinze jours. Ces renseignemens ne
le satisfaisant pas entièrement , il
se proposa d'attendre neuf heures
du matin pour se trouver à son lever et lire dans ses yeux la vérité
de ses réponses. En conséquence
il battit le pavé jusqu'à ce moment,
en interrogeant infructueusement
tout le monde.

Au coup de neuf heures il se fit
annoncer chez lord R*** , qui lui
témoigna la surprise qu'il avait de
le voir, et lui demanda en même
temps des nouvelles de Madame ,

et à quel heureux hasard il devait
ce plaisir ?....

Quant à ma femme et à mon fils,
répondit Dubreuil avec altération,
il m'est impossible de vous en donner, puisque depuis hier soir je
viens de les perdre ensemble, et
que je vous avoue, mylord, que je
vous crois plus que personne en
état de me dire ce qu'ils sont
devenus.

Lord R*** resta d'abord stupéfait
de l'apostrophe et de l'interpella-
tion de Dubreuil; mais il lui dit
avec tranquillité et l'accent de la
vérité : M. Dubreuil, vos malheurs
inouis m'ont fait prendre le plus
vif intérêt à votre sort et à la plus
aimable des femmes qui le partage.
J'ai bien pu vouloir l'améliorer,
en vous donnant des preuves très-
étendues, que je voulais n'être

pas heureux tout seul. J'ai eu affaire
à deux enfans dont je plains les
préjugés, et j'ai cru devoir en rester
là; mais croyez que je suis inca-
pable de vous avoir ravi votre
femme et votre fils, car je jure sur
l'honneur, non - seulement que
j'ignore où ils sont, mais que je
vais sortir avec vous pour faire
les démarches nécessaires pour les
retrouver, et j'espère qu'elles ne
seront pas vaines.

Si Dubreuil fut rassuré par la
conduite de lord R***, il ne le fut
cependant pas sur le sort des deux
êtres chéris à qui il supposait
qu'il venait d'arriver un accident
enveloppé de la nuit du mystère,
puisqu'il ne pouvait pas le pénétrer;
enfin, lord R*** étant habillé, ils
montèrent en voiture et partirent.

Ils allèrent d'abord faire leur dé-

position à la police, qui leur promit
de leur remettre sous huit jours la
mère et l'enfant ; de-là, ils se rendirent chez les principaux magistrats,
qui les assurèrent de leur protection
et d'une prompte vengeance, et rentrèrent au bout de quatre heures
chez lord R***, qui ne voulut pas
le laisser sortir sans avoir diné avec
lui, lui faisant promettre de venir
tous les jours en faire autant pour
se distraire et apprendre ce que
l'on pourrait découvrir. Dubreuil
accepta la proposition, remercia
mylord, et se retira bien convaincu
qu'il ne trempait pour rien dans
cette affaire.

Quand il rentra chez lui, il trouva
Julie tout en larmes de ce que sa
maîtresse n'était pas encore retrou-
vée ; il lui raconta le peu de fruit
qu'il avait tiré de toutes ses courses,

mais les espérances qu'on lui avait
données ; puis faisant transporter le
reste de ses effets en sa présence,
il remit les clefs à son propriétaire
et se rendit avec Julie à son nouveau domicile.

Comme il ne s'était pas couché
la nuit précédente, et qu'il était
rompu par la fatigue, il se mit au
lit, où son premier sommeil fut
paisible ; mais s'étant réveillé à
deux heures du matin, se trouvant
seul, et faisant mille réflexions qui
lui poignardaient le cœur, il lui fut
impossible de se rendormir ; il resta
cependant jusqu'à huit heures sans
se lever, afin de se reposer.

Etant à se promener dans ses appartemens comme pour y chercher
Mélanie, il aperçut une de ses robes
que Julie n'avait pas encore eu le
temps de serrer, il la prit, la baisa,

et ne put retenir ses larmes, en disant : Non ! tu ne renfermeras jamais le plus joli corps et le meilleur cœur qu'il y ait dans la nature... Julie la lui retira des mains, en lui demandant mille fois pardon de sa négligence.

Dubreuil sortit pour prendre encore des informations, qui se croisaient en sens diamétralement opposés, et se rendit, très-peu satisfait, à l'heure du dîner, chez lord R***, qui lui dit : Mon ami, je ne sais encore rien de nouveau ; mais prenez un peu de patience, car d'ici à quelques jours soyez sûr qu'il se découvrira quelque chose.

Ces quelques jours se passèrent avec les huit que la police avait demandés pour retrouver Mélanie, et l'on ne la retrouvait pas ; Dubreuil allait tous les jours dîner chez My-

lord, et tous les jours il en sortait
désespéré, car il n'en apprenait pas
plus que la veille, lorsque, le douzième, lord R*** lui dit en se frot-
tant le front : Mon cher Dubreuil,
il me vient une idée lumineuse, qui,
je crois, me conduira à un résultat
heureux ; car j'espère que demain
à pareille heure nous tiendrons le
fil qui nous conduira dans le laby-
rinthe où madame Dubreuil est
enfermée.

Ah ! quelle obligation je vous
aurai, s'écria Dubreuil avec transport, si nous pouvons réussir à la
retrouver!... —Laissez-moi agir, et
demain j'espère vous donner de
bonnes nouvelles.

Dubreuil se retira, et lord R***
qui avait pensé à la Jocson, et qui
connaissait son esprit intrigant,
s'imagina que cette femme pourrait

lui donner des éclaircissemens dans cette affaire, ayant été à même de connaître son intelligence dans plusieurs occasions où il l'avait employée; il s'y fit donc conduire le lendemain matin.

Quand la Jocson reconnut lord R***, elle changea de couleur, rougissant et pâlissant alternativement... Lord R*** s'apercevant de son trouble, lui dit à tout hasard : Ah! drôlesse, tu sais pourquoi je viens!...

Oui, lord, s'écria-t-elle en se jetant à ses genoux, mais ne me perdez pas!... Je te ferai grâce, lui dit-il d'un ton sévère, mais à condition que tu ne me cacheras rien de ce qui concerne madame Dubreuil... — Ah! bien volontiers, et là-dessus elle se vendit elle-même, car elle lui raconta de point

en point comment l'enlèvement
s'était fait, où et chez qui elle
était. Lord R***, enchanté de cette
découverte, se retira en lui recom-
mandant le secret, et lui promettant qu'en faveur de l'aveu qu'elle
venait de lui faire de son crime, qui
était cependant abominable, il ne
parlerait pas d'elle à M. Dubreuil,
car il ne manquerait pas de la livrer
à la justice, s'il savait la part qu'elle
y a prise. La Jocson remercia beaucoup lord R*** de sa bonté, et tous
deux se séparèrent contens.

Lord R*** se proposa bien effectivement de ne pas parler de cette
femme à Dubreuil; mais malgré
qu'il lui eût prom's sa protection
pour se venger, il fut fort embar-
rassé, car lord H*** était précisément le fils de son meilleur ami et
d'un homme tout puissant en An-

gleterre, puisqu'il en était l'un des premiers ministres.

En conséquence il résolut d'aller chercher lui-même madame Dubreuil avec son mari, mais de ne se mêler de cette affaire que sur la parole d'honneur de Dubreuil de n'y pas donner de suites en aucunes manières, à moins que dans le tête-à-tête lord H.*** n'eût employé la violence ! Ce qu'il avait de la peine à s'imaginer, connaissant à ce jeune homme un cara ct naturellement doux et des principes ; que cependant il ne lui pardonnerait pas lui-même, si Mélanie avait lieu de s'en plaindre.

Dubreuil ne manqua pas le lendemain le dîner de lord R.***, qui lui dit : M. Dubreuil, j'ai dénoué le nœud gordien , je sais où est madame Dubreuil, je vous y con-

duirai moi-même, malgré qu'elle
soit à vingt lieues d'ici ; mais il
faut auparavant me donner votre
parole d'honneur qu'à moins que
madame n'ait à se plaindre, comme
vous entendez bien .... de l'homme
qui l'a fait enlever, en ma considération, et même pour votre intérêt personnel, vous ne donnerez
aucune suite à cette affaire, ni judiciairement, ni les armes à la main,
surtout s'il n'a eu pour elle que
des procédés délicats et honnêtes,
comme j'en suis persuadé.

Dubreuil, au comble de la joie
de la découverte que lord R***
venait de faire, lui promit tout ce
qu'il voulut, en le priant cependant de lui dire pourquoi il exigeait
de lui tant de ménagemens pour
un vil ravisseur, et qu'il craignait
bien de passer pour un lâche ou

un mari commode, s'il se confor-
mait à sa volonté.

Lord R *** lui dit : Rassurez-
vous, M. Dubreuil, sur ce que l'on
pensera de votre modération ; d'a-
bord, comme vous êtes inconnu
dans Londres, l'enlèvement de
Madame n'y a fait aucune sensa-
tion ; d'un autre côté, quand même
il aurait eu la plus grande publicité, le public, qui en masse est
toujours juste, vous plaindrait
sans vous blâmer, sentant que vous
ne pouvez pas exiger la plus petite
réparation de l'offense qu'on vous
a faite, sans vous exposer à vous
perdre, vu la puissance et la fortune prodigieuse de votre adver-
saire.

Mais à quel homme ai-je donc
affaire, reprit Dubreuil ?. — Au fils
de mon meilleur ami, et qui l'est

lui-même ; enfin au lord H***, dont le père jouit de la plus haute considération dans le ministère : ainsi mettez en balance l'étendue de ses pouvoirs avec la nullité des vôtres.....— Mais n'ai - je pas la justice de mon côté pour faire valoir la bonté de ma cause , et les lois ne sont-elles pas là pour soutenir le faible contre le fort?...

Ah! que vous parlez bien comme un homme sans expérience, s'écria Mylord!... Apprenez que les lois sont effectivement là toutes prêtes à parler ; mais que c'est pour soutenir le fort contre les plaintes ou les entreprises du foible, et qu'elles sont muettes dans le sens contraire. D'abord vous ne trouverez aucun avocat qui veuille plaider pour vous ; ensuite aucun juge ne voudra siéger dans un procès contre le

fils d'un premier ministre, en faveur
d'un étranger, d'un français en un
mot.... Et dans la supposition où
vous trouveriez des juges intègres
et un pauvre diable d'avocat à
qui la faim donnerait le courage
de plaider votre cause, vous dé-
penserez des sommes prodigieuses
pour obtenir un jugement qui
n'aura pas lieu, parce que d'encore
en encore votre avocat adverse
trouvera mille moyens pour jeter
toujours une barre dans la roue,
et par là éviter la condamnation
de son client; vous serez rebuté
de ne pas voir la fin de votre affaire,
il vous faudra toujours être l'argent
à la main ; ce qui vous ruinera,
pendant que ce ne sera qu'un jeu
pour lord H***; et après mille
démarches, faute de moyens, vous
serez forcé de tout abandonner.

Dubreuil convint qu'il était bien
malheureux qu'il eût raison, ajoutant : Ce n'est pas en France où un
Anglais n'obtiendrait pas justice
contre un Français!... Lord R *** se
contenta de dire : Je n'en sais rien,
M. Dubreuil, et changeant de conversation on convint de partir le
lendemain à cinq heures du matin.

Comme Julie, par sa conduite,
son attachement et la délicatesse
de ses sentimens, ne devait pas
être confondue avec les domestiques ordinaires, Dubreuil, en ren-
trant, ne balança pas à lui apprendre
qu'il allait partir le lendemain
avec lord R*** pour aller chercher
Mélanie où on était bien sûr de la
trouver ; Julie fut enchantée de
cette bonne nouvelle, et ne manqua pas de passer à quatre heures
dans la chambre à coucher de son

maître pour le réveiller ; mais il
était déjà à s'habiller, et ne tarda pas
à se rendre chez lord R***. Quand
il y arriva, lord le reçut en riant,
ajoutant : J'aurais bien parié mille
guinées contre une que M. Dubreuil
aurait été ici avant cinq heures... ils
burent un verre de vin d'alicante,
et montèrent en voiture, ayant
pour dix heures de marche avec les
mêmes chevaux, puisqu'ils avaient
vingt lieues à faire; ainsi je crois qu'il
faut les laisser chevaucher, pour
retourner auprès de notre intéressante et infortunée Mélanie, que
nous avons laissée occupée à pleurer dans son appartement, pour
attendre le sommeil, préférant
mourir plutôt que de céder aux
transports d'un très - aimable et
très-joli cavalier, qui, dès le premier jour, l'eût rendue à son mari

par les petits moyens doucereux
et innocens qu'il lui avait propo-
sés ; ce qui lui eût rendu aussi la
liberté et la tranquillité à son cher
Dubreuil, dont elle se doutait que
le cœur était rongé des plus noirs
chagrins depuis son absence.......
Ah ! qu'elle était sage, Mélanie !...
car je sais bien qu'à sa place, dès
le lendemain, j'eusse volé dans
les bras de mon tendre mari, en
lui faisant mille éloges des bons
procédés de lord H***.

Je vois dans ce moment-ci un
malin qui me soutient qu'il connaît bien des jolies dames qui eussent fait comme moi, car il ajoute :
Qu'y a-t-il de plus précieux pour
une femme qui aime bien son mari,
que de calmer promptement ses
alarmes et de jouir de ses caresses !... Cependant, comme c'est

une affaire très-délicate, je m'en
réfère au tribunal des belles, pour
la juger, laissant leurs avocates plaider le pour et le contre.

Mélanie, donc, fatiguée de pleurer, finit par s'endormir et fit des
rêves affreux! Quand elle sonna
Betzy, cette bonne fille s'apercevant qu'elle avait les yeux battus
et se doutant de ce qui s'était passé,
la pria de bannir son chagrin, ajoutant que si elle voulait avoir confiance en elle, avec de la patience
elle pourrait apporter un grand
changement à sa situation.

Mélanie, sensible à l'intérêt que
Betzy lui témoignait, la conjura
de lui apprendre ce qu'elle croyait
pouvoir faire en sa faveur. Betzy
lui dit : Mistriss, si vous voulez vous
conduire avec prudence, en ne re-
butant pas trop lord H***, comme

il est très-galant, il attendra tout
du temps, surtout si vous faites
luire à ses yeux un rayon d'espérance, et dans six jours je vous
mets, à une heure du matin, dans
une voiture qui vous débarquera à
Londres à midi.

Dans le transport de sa reçon-
naissance Mélanie sauta au cou de
Betzy, l'embrassa mille fois, et
toutes deux convinrent de se témoigner de la froideur en présence
de lord H***. Son œil s'étant animé
par les consolations qu'elle venait
de recevoir de cette fille, lord
H*** la trouva charmante, et lui
en fit son compliment; Mélanie,
pour se conformer aux conseils
qu'elle venait de recevoir, et l'imagination préoccupée de l'heureux
résultat qu'elle devait en retirer,
donna, même sans s'en apercevoir,

une teinte moins sombre à sa conversation, ce qui flatta beaucoup
lord H***, croyant qu'elle commençait à se faire à sa captivité.
Aussi pendant le diner fut-il aux
petits soins, et même très-gai, quoiqu'anglais ; dans le parc il fut aussi
aimable, cherchant à la séduire
par ces riens enfantés par la galanterie, plutôt qu'à extorquer ses
faveurs.... Et comme il n'avait jamais trouvé de cruelles, il espérait
par des soins délicats amollir son
cœur, qu'en riant il nommait un
petit diamant pour la dureté.

Quand Mélanie remonta, le soir,
à son appartement, elle y trouva
de très-beau linge pour son usage
et pour celui de Jules, avec des
étoffes de toutes les espèces, plus
belles les unes que les autres, dont
elle ne fit aucun cas, puisque son

intention n'était pas d'habiter long-
temps cette superbe prison : néanmoins, comme il y avait déjà quatre
jours qu'elle avait quitté Londres,
elle fut fort aise de pouvoir changer ainsi que son fils, et le lendemain elle remercia mylord, qui
lui demanda si les bagatelles qu'elle
avait trouvées chez elle étaient de
son goût? Elle lui répondit : Parfaitement, lord ; mais je vous prie de
ne pas vous formaliser si, dans
l'embarras du choix, je mettrai un
peu de temps pour me décider en
faveur de la première robe que je
ferai faire. lord H*** sourit de ce
qu'il nomma un enfantillage, et
la conversation changea de sujet ;
mais pendant le court espace de
temps que Mélanie resta au château, plus le temps de le quitter
approchait, plus elle eut l'air de

s'y accoutumer pour gagner la confiance de lord H*** et lui donner
à penser qu'en redoublant de soin
et d'égards, comme il le fit, il
ne tarderait pas à obtenir un triom-
phe complet.

Le sixième jour, Mélanie pria
Betzy de tenir la promesse qu'elle
lui avait donnée, de lui procurer
son évasion ; ce que cette bonne
fille fit de cette manière :

A dix heures et demie elle ap-
portait, tous les soirs, deux bougies, dont elle éclairait Mélanie
qui quittait le salon pour monter
se coucher; après quelques soupirs lord H*** en faisait autant de
son côté.

Quand Mélanie fut chez elle,
comme son appartement avait quatre croisées, dont deux donnaient
sur le parc, et les deux autres sur

la campagne, à la vérité à trente
pieds de hauteur du sol, Betzy ne
balança pas à prendre les draps du
lit de sa maîtresse, les coupa en
lanières, qu'elle attacha au bout
les unes des autres, y fit de distance en distance des nœuds, fixa
le tout à un fort manche à balai,
qui, mis en travers de la croisée,
servait à fixer l'échelle de la belle
fugitive.

Pendant cette opération Mélanie
lui dit : Ah! Betzy! je suis ici trop
en danger pour ne pas me sauver,
n'importe de quelle manière; j'avoue
que je ne crains pas pour mon fils,
car je vais le mettre, pendant qu'il
dort, dans mon jupon, que je fermerai bien, et je l'attacherai de
même au bout de mon drap ; ainsi
je réponds de le descendre jusqu'à
terre sans accident ; mais je t'avoue-

rai aussi que c'est bien haut pour
moi, et que je crains de me tuer :
alors, que deviendrait mon cher
enfant ?...

Betzy souriant de son appréhen-
sion, Mélanie lui dit : Tu ris bien
à ton aise ; mais pour moi, je ne
suis pas très-rassurée. Betzy lui
dit, en lui montrant une clef toute
neuve, Ne craignez rien, madame,
nous allons tranquillement descendre l'escalier et sortir par la petite
porte du parc, dont voici la clef
que je viens de faire forger à l'insu
de mon père ; c'est pour cela que
je vous ai demandé six jours ; nous
allons gagner l'avenue qui nous conduira dans un quart d'heure à la
grande route, où, sur le coup d'une
heure du matin, la diligence de
Portsmouth à Londres ne manque
pas de passer tous les jours. Il y a

ordinairement de la place; mais
dans le cas où il ne s'en trouverait
pas, nous remettrions la partie à
demain, et nous reviendrions aussi
tranquillement au château que nous
allons en sortir.

Tout ce que Betzy venait d'avancer s'effectua sans le moindre
danger, car au château tout le
monde était dans son premier sommeil. Quand elles furent sur la
route, Betzy entendant venir de
loin la diligence, demanda à Mélanie la permission de se cacher
derrière un buisson jusqu'à son départ, pour n'être vue de personne
et ne pas être compromise dans sa
fuite aux yeux de lord H***, qui
ne lui pardonnerait jamais d'y avoir
participé, et qui même finirait
peut-être par chasser son père de
chez lui.

Belzy se cacha après avoir souhaité un bon voyage à Mélanie, qui l'embrassa de tout son cœur pour la remercier. La diligence arriva, et comme Mélanie parlait parfaitement l'anglais, elle s'arrangea facilement avec le conducteur, et partit avec son fils après avoir fait prix à deux guinées.

Il ne faut pas demander si les voyageurs de la diligence furent étonnés de voir entrer dans la voiture, à une heure du matin, une dame si jeune et si jolie, avec un petit enfant, trouvés tous deux sur la grande route isolément; sans être escortés de personne pour veiller à leur sûreté; chacun en pensa ce qu'il voulut, mais Mélanie s'en moqua, ne s'occupant plus que du plaisir de se jeter bientôt dans les bras de son cher Dubreuil.

Au coup du midi elle traversait
le pont de Londres pour descendre
de la voiture et de-là prendre un
fiacre pour se faire conduire dans
Dower Street, qui était son ancien
logement; car par une galanterie
qui lui devenait funeste pour le
moment, Dubreuil voulant sur-
prendre agréablement Mélanie par
les embellissemens qu'il faisait faire
à son nouveau logement, ne le lui
avait pas fait voir. A la vérité, il
lui avait bien dit que c'était dans
Perle-Street. Je ne sais pas si mon
lecteur se rappelle de cette circonstance; mais tout ce que je sais,
c'est que Mélanie ne s'en rappelait
pas du tout; ajoutez à cet embarras,
que, lors de son enlèvement, elle
n'avait que six schelings dans sa
bourse, faisant sept francs quatre
sous de France, et qu'avec cette

modique somme elle était bien
loin de pouvoir payer deux guinées
qu'elle devait pour son voyage.

Quand elle descendit de voiture,
elle avoua au bureau qu'elle n'avait
pas d'argent ; mais comme heureusement elle avait sa montre, elle
l'offrit en nantissement. Le commis
lui demanda si elle avait du bagage,
ajoutant: Mistriss, on vous le rendra
quand vous viendrez payer, et vous
pouvez aller chez vous. Mais elle
avoua encore qu'elle n'en avait pas
du tout, ce qui surprenant infiniment cet homme, il ne put s'empêcher de lui dire qu'elle voyageait
d'une singulière manière, et qu'il
n'avait jamais vu une femme comme
elle.

Mélanie, piquée de ce compliment, sentant d'ailleurs qu'il lui
fallait de l'argent pour vivre et se

loger jusqu'à l'heureux moment où
elle pourrait retrouver son mari,
lui dit : Sir, pour m'éviter la peine
de revenir ici, je vous prie de faire
vendre ma montre, c'est le seul
objet à ma disposition dans ce moment.

Le commissionnaire lui en apporta six guinées et cinq schelings;
elle lui laissa les cinq schelings pour
sa peine, paya les deux guinées
qu'elle devait, monta dans un fiacre, et se fit conduire à *Dower
Street*, au logement qu'elle sortait
d'habiter, il y avait onze jours.

Tout en était fermé, puisqu'il
n'était pas encore occupé, ce qui
chagrina beaucoup Mélanie, qui
avait toujours eu l'espérance que
Dubreuil y aurait laissé son adresse,
pour qu'elle pût le rejoindre
dans un moment ou dans un autre.

Quelle contrariété affreuse! la
voilà dans Londres, presque sans
argent, puisqu'elle n'a plus du produit de sa montre que quatre guinées; est-elle loin, est-elle près de
son mari? C'est ce qu'elle ignore,
de même que le moment où ils se
rejoindront. Cette incertitude la
tue; cependant il lui fallut prendre
un parti, car elle tombait de besoin,
ainsi que le petit Jules, puisqu'il
était deux heures, et qu'ils n'avaient
rien mangé depuis le souper.

Comme elle était connue de ses
voisins qui étaient au courant de
son aventure, et dont elle était
généralement estimée, chacun prit
part à sa peine et à l'embarras où
elle se trouvait; en conséquence
on lui procura une petite chambre
garnie, dont elle donna une guinée
pour quinze jours. Elle envoya

chercher à dîner; et se mit à table
avec Jules, où malgré son bon appétit elle fit de temps en temps des
réflexions bien pénibles sur la bi-
zarrerie de tous les événemens qui
venaient de lui arriver, sur la situation où elle se trouvait, et dont elle
ne voyait pas la suite en beau,
avec trois guinées qui lui restaient.

Laissons-la pour quelque temps
à ses réflexions, dont le sommeil
diminuera sans doute une partie de
l'amertume, et puisqu'elle est en
sûreté de toutes les manières, re-
joignons à présent son mari.

Mon lecteur n'a peut-être pas
oublié que Dubreuil est monté en
voiture à cinq heures du matin
avec lord R***. Combien ces vingt
lieues lui parurent longues !.....
Enfin à trois heures ils entrèrent
dans l'avenue du château; quand

Dubreuil l'aperçut , ah! comme le cœur lui battit!.... mille sentimens divers s'y livraient combat , l'amour, la jalousie et la vengeance, étant bien loin d'être d'accord ensemble; Lord R*** s'apercevant de son trouble, le rappela à sa parole d'honneur , et ils entrèrent dans la cour.

Le concierge, sa femme et sa fille, reconnaissant la voiture de Lord vinrent le recevoir et répondre à ses interrogations. Ciel! que devint Dubreuil , quand il apprit de cet homme , que sa femme était partie depuis trois jours avec son fils , en se sauvant par une fenêtre de trente pieds de hauteur, au moyen d'une échelle qu'elle s'était faite avec ses draps ; puis il lui montra la fenêtre, et lui apporta en même temps, cette fameuse

échelle, qui avait fait l'admiration
de tout le château : Dubreuil la
baisa mille et mille fois, voulut
voir l'appartement où sans doute
Mélanie avait versé bien des larmes, et se fit raconter à plusieurs
reprises ce que le concierge croyait
savoir et lui apprendre.

Lord R*** demanda à voir son
ami, mais on lui dit que lord H***
ayant appris à dix heures du matin
la fuite de Mistriss, avait voulu voir
comment elle avait pu s'y prendre
pour réussir aussi bien ; qu'il avait
admiré son courage, témoigné la
plus grande satisfaction de ce qu'il
ne lui était pas arrivé d'accident,
et qu'après le déjeuner il était parti
pour Londres.

Lord R*** fut intérieurement
très-satisfait, par rapport à Dubreuil, de l'absence de son ami ;

cependant il dit au concierge : Mes chevaux sont trop fatigués pour que je puisse partir aujourd'hui, ainsi nous resterons ici jusqu'à demain matin. Lord sait bien, reprit le concierge, qu'il est ici comme chez lui, et s'il veut me suivre, je vais le conduire à un appartement. Pour vous, Sir, je crois ne pas vous faire un plus grand plaisir que de vous procurer celui de Mistriss.

Lord étant fatigué de la route, resta dans son appartement, en attendant que le dîner fût prêt; mais Betzy qui, devant son père et sa mère, n'avait pu faire que des signes à Dubreuil, lui proposa de descendre dans le parc pour lui faire voir les endroits où mistriss se plaisait le plus.

Quand ils y furent, Betzy n'ayant

plus de témoin qui la gênât, le ras-
sura sur la manière dont Mélanie
s'était évadée, la part qu'elle y
avait prise, et comment elle l'avait
installée à une heure du matin, sans
le moindre accident, dans la diligence de Portsmouth à Londres,
où elle devait être depuis deux jours
et demi.

Dubreuil, comme on doit le
présumer, n'étant pas rassuré sur
la conduite de lord H*** avec sa
femme, s'en informa à Betzy, qui
lui jura sur l'honneur que mistriss
n'avait pas eu lieu de se plaindre
de ses procédés, qui avaient été
des plus délicats, et entra dans les
plus petits détails sur ce qu'elle
avait vu ou appris de Mélanie.

Cette conversation rétablit le
calme dans l'âme de Dubreuil, qui
remercia Betzy de tout son cœur,

II.   16

lui donna vingt guinées, regrettant beaucoup de n'avoir pas suffisamment d'argent sur lui pour mieux la récompenser d'un service aussi signalé.

En regagnant le château, il lui demanda comment lord H *** avait pris la fuite de Mélanie, et s'il n'avait pas eu quelque soupçon sur son compte, puisqu' elle couchait dans la chambre d'à côté ? — Quant à la fuite de mistriss, il a dit, je suis bien content qu'il ne soit pas arrivé d'accident, ni à mistriss, ni à ce pauvre petit Jules ; mais puisqu'elle ne m'aimait pas plus que cela, je lui souhaite un bon voyage, et dès ce moment je n'y pense plus. Quant à moi, il m'a reproché d'avoir le sommeil aussi dur, et a fini par en rire.

Dubreuil, dont la destinée était

de passer toujours d'un chagrin à
un autre, fut dans la plus grande
inquiétude concernant Mélanie,
ignorant ce qu'elle pouvait être devenue à son arrivée dans Londres,
sans argent pour payer sa voiture,
se loger et exister jusqu'à son retour; se rappelant très-bien qu'elle
ne connaissait pas son nouveau logement, et qu'il avait eu l'étour-
derie impardonnable de ne pas
laisser son adresse à celui d'où il
sortait.

Quand il vint rejoindre lord
R.***, il lui raconta tout ce qu'il
venait d'apprendre de Betzy. Lord
R.*** lui dit: Je ne suis point surpris
de la conduite de mon ami; c'est
un fou, mais il a le cœur excellent,
et malgré l'acte de violence qu'il
vient de commettre en faisant enlever votre femme, j'aurais parié

dix mille guinées qu'il aurait été
honnête dans le tête-à-tête.

Dubreuil alors ne lui cacha pas
l'impatience qu'il avait de retourner
à Londres pour savoir ce que
Mélanie y était devenue, surtout
d'après le mauvais état de sa bourse.
Lord lui dit : Je partage bien sincèrement vos inquiétudes, elles
ne sont que trop fondées ; mais,
mon cher Dubreuil, nous venons
de faire vingt lieues, il est cinq
heures du soir, nous n'avons pas
encore dîné et je meurs de faim ;
ainsi permettez-moi, je vous prie,
de passer à table, où je crois que
vous figurerez aussi bien que moi ;
nous nous reposerons cette nuit,
ainsi que mes chevaux qui en ont
le plus grand besoin, et nous par-
tirons demain à cinq heures du
matin ; ainsi voilà tout ce que je

peux faire aujourd'hui pour votre service.

Le lendemain Dubreuil se leva à quatre heures pour revoir tous les endroits du parc où Mélanie aimait à promener sa mélancolie ; et lord R*** étant prêt à cinq heures, ils montèrent en voiture et partirent.

Ah ! grand Dieu ! je faisais une omission impardonnable aux yeux des âmes aimantes... c'est d'avoir différé à leur apprendre que lorsque Dubreuil entra le soir dans l'appartement que Mélanie sortait d'occuper, il ne se coucha pas sans toucher, retoucher et baiser mille fois tous les objets qui avaient dû lui être de première nécessité.....
Je vois d'ici un sourire qui échappe à mon lecteur ; mais je le prie de croire que *ces trois petits mots*

en disent plus qu'il n'en fit ; car
malgré que l'amour soit une fameuse passion.... cependant il y
a folie.... et folie....

Dubreuil arriva à Londres à trois
heures, et lord R***, qui s'intéres-
sait beaucoup au sort de Mélanie,
se fit conduire avec lui dans *Dower-
Street*, où les mêmes voisins qui
avaient procuré un logement à cette
intéressante femme les conduisi-
rent chez elle.

Jamais, non, jamais, on ne se
fera une idée juste du transport
avec lequel ils tombèrent dans les
bras l'un de l'autre, et comme
Jules fut caressé. Lord R*** en fut
si émerveillé, qu'il ne put s'empêcher d'avouer que c'était véritablement un crime de séparer deux
cœurs que l'amour avait si bien
créés l'un pour l'autre, et se dou-

tant qu'ils devaient avoir mille
choses à se communiquer, il se
retira, en lui faisant promettre de
venir dîner avec lui le lendemain.

Quand ils furent seuls, avec quel
plaisir ils se racontèrent tout ce
qu'ils avaient pensé, dit et fait depuis leur séparation ! Dubreuil ne se
lassait pas de faire répéter à Mélanie ce que Betzy sortait de lui apprendre concernant les procédés
honnêtes de lord H*** envers elle,
ce qui, joint à la parole d'honneur
qu'il avait donnée, de ne point
tirer vengeance de son enlèvement,
contribua beaucoup à modérer son
ressentiment contre lui.

Il s'informa de la situation de sa
bourse depuis qu'elle avait vendu
sa montre. Mélanie fit voir qu'elle
ne possédait plus qu'une guinée :
ce qui ne le surprit pas du tout,

puisqu'elle était à Londres depuis
quatre jours : comme il se mourait
de faim , car il était quatre heures
du soir, elle lui envoya chercher à
dîner, et se mit à table avec lui,
pour lui tenir compagnie , malgré
qu'elle en sortît depuis deux heures
seulement ; mais le plaisir lui ayant
ouvert l'appétit , elle fit honneur
au dîner tout aussi bien que son
mari.

Après le café , Dubreuil lui proposa de venir embellir son nouveau logement. Mélanie accepta
cette proposition avec transport ,
remit sa clef à son hôtesse , son déménagement n'étant pas long, puisqu'elle ne possédait que ce qu'elle
avait sur elle : elle prit le bras de
son mari, qui donna la main à
Jules, et tous trois se rendirent
dans *Perle-Street*.

On se doute bien qu'en arrivant chez elle Mélanie fut accablée des caresses de Julie, qui pensa devenir folle du plaisir de revoir sa maîtresse, qui, se rendant à ses prières, eut la complaisance de lui raconter de point en point tout ce qui lui était arrivé depuis sa sortie du parc Saint-James. Cette bonne fille pleura sur les chagrins qu'elle avait essuyés, et remercia le ciel de l'avoir secourue dans un aussi grand danger.

Mélanie fit ensuite la visite de son domicile, qui était très-petit, mais fort agréablement décoré, grâce aux soins de son mari : elle lui en fit des complimens, ajoutant qu'il allait devenir un palais enchanté, puisqu'elle allait l'habiter avec son cher Dubreuil... Laissons-les se livrer aux plus douces

II.   17

illusions, pour rejoindre lord R***, qui se mourait de faim, et qui avait plus envie de se reposer que Dubreuil.

Le lendemain il se fit conduire chez lord H*** à huit heures du matin, dans la crainte de le manquer. On lui dit que le ministre n'était pas encore visible ; mais ayant répondu que c'était à son fils qu'il voulait parler, on l'annonça.

Du plus loin que ce jeune homme le vit, il vint à lui d'un air riant, en disant : Je parie, lord, que je devine ce qui me procure l'honneur de votre visite ; car voilà aujourd'hui quinze jours que j'ai eu le plaisir d'entendre prononcer votre nom par la plus jolie bouche des trois royaumes.... — C'est fort bien, lord : mais cette jolie bouche n'a pas à se plaindre de moi.... —

Ni de moi non plus, je vous jure...
— Comment ! vous faites enlever
une femme qui porte dans son sein
le gage de l'amour d'un mari qu'elle
adore; son fils, un enfant de quatre
ans, est avec elle, il subit le sort
de sa mère; vous la gardez dix
jours dans votre château, où il ne
faut pas demander les assauts qu'elle
aura eu à essuyer.... Heureuse si
elle n'y a pas succombé après
mille et mille chagrins !... Et vous
me dites qu'elle n'a pas à se plaindre de vous !... — Non, lord, car
je vous jure sur l'honneur que j'ai
eu pour cette charmante femme
tous les égards qu'elle mérite, ne
voulant rien obtenir que du temps
par suite de mes bons procédés envers elle...—Mais, qui vous croira?
—Si je n'ai pas mérité cette faveur
de vous, lord, vous vous en rap-

porterez sans doute à cette trop
cruelle femme !... — Ah! mylord,
qui me répondra que sa cruauté
n'ait pas été forcée de fléchir....
et quelle est la femme d'esprit
qui avouera avoir cédé par force
ou par faiblesse ?... — Je crois cependant ne pas pouvoir vous donner un plus sûr répondant qu'elle
de la loyauté de ma conduite....

Eh bien, lord, en adoptant pour
vérité tout ce que vous venez de
me dire, en supposant même que
cette femme infortunée voulût bien
pardonner votre crime, comment
prétendez-vous vous en justifier
aux yeux de son mari ? — A force
de bienfaits... lui avouant en même
temps que j'ai été aveuglé par la
violence de ma passion. — D'abord,
je vous répondrai que Dubreuil
est trop délicat pour accepter vos

bienfaits, qu'il prendrait pour une seconde offense; en second lieu, votre aveuglement ne vous justifiera jamais du rapt de sa femme... Eh bien, lord, je lui en donnerai satisfaction judiciairement, ou les armes à la main, s'il l'exige... — Ah ! que voilà bien les jeunes gens ! après l'avoir déshonoré vous tâcherez de le tuer pour réparer votre faute.... — Cependant il faut prendre un parti ; résumez-vous donc, je vous en prie... — Voici ce que je vous conseille de faire : d'abord, c'est de renoncer à madame Dubreuil, ensuite d'éviter son mari, et je me chargerai du reste.

Lord H*** répartit : Ah ! d'après la folie que cette petite femme vient de faire, j'y renonce de bon cœur et pour la vie, me trouvant très-heureux qu'elle ne se soit pas

tuée au pied de mon château ; ce
qui m'eût fait une affaire diabo-
lique auprès de mon père, dont
vous connaissez l'intégrité, et même
à qui je vous prie de ne point
parler de cette aventure. Lord R***
lui promit le secret , et le jeune
homme voulut l'instruire de la pré-
tendue escalade de Mélanie. Mais
en le laissant dans son erreur, lord
R*** lui dit qu'il savait tout , car
il arrivait avec Dubreuil de son
château , où on lui avait appris ce
qui s'y était passé. Lord H***, dans
le plus grand étonnement, reprit :
Mais pour que vous soyez si bien
au courant, et que vous ayez fait
ce voyage , il faut que cette affaire
ait eu de la publicité ; ce qui, je
vous l'avouerai, m'inquiète infiniment.... — Rassurez-vous, lord , et
soyez plus prudent à l'avenir, car

les personnes qui y sont intéressées
ont les plus grands motifs pour la
tenir secrète. Et là-dessus il lui raconta la démarche qu'il avait faite
auprès de la Jocson, qui s'était
vendue elle-même, et à qui la
peur avait fait tout avouer. Puis
lord R***, satisfait du résultat de
sa visite, se retira, et une heure
avant le dîner il envoya sa voiture prendre Dubreuil et sa femme.

Lord R*** les reçut en leur témoignant beaucoup d'amitié et de plaisir de leur réunion, qui, ajouta-t-il
en riant, avait dû être célébrée
comme un second mariage : ensuite
il leur raconta la démarche qu'il
venait de faire auprès de lord H***
qui était véritablement désespéré
des chagrins qu'il avait causés à
l'un comme à l'autre, et la promesse
solennelle qu'il lui avait faite de ne

jamais troubler leur tranquillité, s'ils voulaient bien tout oublier, s'adressant ensuite à Mélanie, il lui dit : Comme je suis très-persuadé, Madame, qu'il n'est point sorti avec vous des bornes du respect, et qu'il m'a juré avoir eu tous les égards que vous méritez, j'ose espérer que vous voudrez bien lui pardonner sa faute, car, tout énorme qu'elle est, vous ne devez l'attribuer qu'à vos charmes, qui lui avaient tourné la cervelle, et je crois qu'en pareil cas une jolie femme doit toujours être disposée à l'indulgence et à tirer le rideau sur les folies de l'amour dont innocemment elle est l'auteur.

Mélanie reprit : Lord, à votre considération, je prierai mon mari de ne pas poursuivre cette affaire, et je tâcherai d'effacer de ma mémoire le souvenir des larmes que votre ami m'a fait verser.

Lord R*** la remercia de la déférence qu'elle avait pour lui, ajoutant : Je n'en attendais pas moins de la noblesse de vos sentimens, bien persuadé qu'une jolie bouche comme la vôtre ne peut jamais prononcer que des paroles de paix ; quant à M. Dubreuil, je m'en tiens à sa parole d'honneur de ne point tirer vengeance de l'offense de lord H***, puisque les bienséances n'ont pas été violées par lui, de l'aveu même de Madame son épouse. Dubreuil la ratifia et l'on se sépara content les uns des autres.

Je ne sais pas si mon lecteur se rappelle qu'avant l'enlèvement de Mélanie, Dubreuil étant à se promener avec elle dans le parc St-James, après avoir fait, par suite de

leur conversation ; la récapitulation
de leurs fonds , ils firent la pénible
réflexion que leur argent ne dure-
rait pas long-tems , s'ils ne se procu-
raient promptement les moyens
de rafraîchir leur bourse , en utili-
sant les talens qu'ils possédaient
par suite de leur éducation ; en
conséquence , comme les chagrins
qu'ils sortaient d'essuyer n'avaient
pas contribué à les enrichir, quand
lord R*** les eut fait reconduire
chez eux , la voix impérieuse des
plus pressans besoins se faisant entendre dans le lointain , ils cau-
sèrent de leurs petites affaires , et
remirent sur le tapis le projet
qu'ils avaient eu alors , de faire des
portraits , et des écoliers des deux
sexes , pour la langue française , la
musique , le violon , la géographie
et la broderie.

Malheureusement pour Dubreuil, il était bien loin d'être un virtuose sur le violon, comme son père l'avait cru , et comme ses amis le lui avaient dit : aussi , après avoir eu bien des peines à trouver trois écoliers , on lui paya ses deux premières leçons en lui disant qu'on allait partir pour la campagne , et qu'on le ferait avertir quand on serait de retour ; et ce retour n'arrivait jamais , ce qu'il prenait à juste titre pour une honnête défaite , puisqu'il savait qu'on n'avait pas quitté Londres.

Pour donner une idée de ses talens en peinture , ayant fait le portrait de sa femme , il le montra à plus de cent personnes , et comme font les peintres dont la réputation n'est pas encore faite , il garda l'anonyme sur le nom de l'artiste, pour

savoir comment on le trouvait ?
chacun s'accorda pour dire que la
personne dont il présentait le portrait était très-jolie ; mais que la
peinture n'était qu'une croûte et
que le malheureux qui avait fait
ce barbouillage devrait s'en tenir
à peindre des enseignes à tabac.

Dubreuil alors se dérobant à sa
gloire, se garda bien de se faire
connaître en peinture, et renonça
à cette ressource.

Il lui restait encore à enseigner
sa langue ; mais tous les émigrés
français l'avaient gagné de vitesse
dans cette partie pendant son
voyage d'Amérique, et qu'à son
retourl s'était amusé à manger de
l'argent, ayant saisi avec empres-
sement l'ombre mensongère de la
fortune, qui ne lui eût pas fait

faux bond, si son ami Williams ne
se fût pas perdu en mer.

Cependant il eut pendant quelque temps quatre écoliers, à une
guinée par mois, mais deux ne le
payèrent pas.

Mélanie ne fut pas plus heureuse
que lui, car de tous ses talens elle
ne put utiliser que celui d'enseigner
le français à six jeunes personnes,
à raison d'une demi-guinée par
mois, dont elle fut même très-
mal payée.

Ce gain, joint à celui de son
mari, n'étant pas seulement capable de payer leur loyer, ils se
réveillaient tous les jours en prenant de l'inquiétude, car leur
argent disparaissait à vue d'œil.

On me demandera peut-être
pourquoi Mélanie ne poursuivait-
elle pas son projet d'enseigner en

même temps le forté-piano et la
broderie ? car mille et mille personnes s'imaginent (ou pour parler
plus franchement) font semblant
de croire qu'il n'y a qu'à le vouloir
pour gagner de l'argent. Je leur
répondrai, d'abord, qu'en Angleterre les ministres de la religion
ont ordinairement beaucoup d'enfans, et particulièrement des demoiselles, à qui, pour toute fortune, ils donnent beaucoup d'é-
ducation, ne pouvant pas leur
laisser autre chose, puisqu'ils sont
obligés de vivre avec la plus stricte
économie, n'ayant pour la plupart
que le revenu affecté à leur état;
alors le pavé de Londres est battu
du matin jusqu'au soir par ces
intéressantes jeunes personnes, qui
enseignent tous les talens utiles et
agréables; et je crois que l'on se

persuade facilement, d'après cela,
qu'elles ont toujours et doivent
avoir la préférence sur les étran-
gères ; d'ailleurs, s'il faut l'avouer,
c'est que Mélanie était un prodige
par ses talens, quand elle avait deux
cent mille francs de rentes , et
que , n'ayant plus rien , elle ne
dépassait pas le niveau de toutes
les jeunes femmes de son âge,
parce qu'elle savait tout ayant de
la fortune, et rien pour gagner son
existence , n'ayant jamais appris un
état à fond.

Dubreuil et sa femme sortaient
à peine de réfléchir sur l'embarras
de leur situation, qu'il se présenta,
sans pouvoir reculer, encore une
occasion de dénouer les cordons
de la bourse : Mélanie se sentant
des douleurs d'enfantement, Julie
alla promptement chercher l'ac-

coucheur, qui au bout de deux
heures reçut une petite fille très-
bien portante, à qui elle donna
le jour.

Cette couche ayant été des plus
heureuses, cette petite fut baptisée
le lendemain, et reçut le nom de
Cécile par la comtesse de Valmore
sa marraine, et le comte son époux
qui en fut le parrain, tous deux
émigrés, qui avaient connu Dubreuil dans sa prospérité, et
s'étaient trouvés à son mariage.

Si la naissance de Cécile apporta de la satisfaction dans la
maison de son père, elle n'y apporta pas de l'aisance; car en éco-
nomisant beaucoup il lui en coûta
trente guinées jusqu'au parfait ré-
tablissement de Mélanie, et malgré la délicatesse de leurs sentimens ils furent obligés de prendre

cette somme sur le sac de mille
écus appartenant à Julie, qui les
supplia à mains jointes de disposer
de son argent, qu'elle regardait
comme leur appartenant, puisqu'elle l'avait gagné chez eux.

De tous les Français refugiés en
Angleterre, M. et madame de
Valmore étaient la seule société
qu'ils y eussent, tant par le rap-
prochement des âges et des pen-
chans, que par celui de la fortune
dans l'aurore de leur bonheur, et
de la pénurie de leurs moyens dans
leur commune adversité: encore
M. de Valmore avait-il un grand
avantage sur Dubreuil, c'est qu'in-
dépendamment des talens agréables
qu'il possédait à un plus haut degré
que lui, et dont, par parenthèse, il
n'avait pu tirer aucun parti, c'est,
dis-je, qu'il savait parfaitement bien

II.   18

tourner, et que pour chasser la
misère qui commençait à faire le
siège de sa maison, depuis un
mois ayant mis l'amour-propre à
la porte de chez lui, il s'était
présenté chez un marchand tabletier, chez qui il gagnait une
demi-guinée par jour, bien payée
au bout de la semaine, avec quoi
il nourrissait sa femme et son fils,
un enfant de sept ans, à qui il
mettait déjà des outils dans les
mains, pour dégrossir des petits
morceaux de bois ; prétendant
qu'il valait mieux, et qu'il était
même beaucoup plus noble d'exer-
cer un métier en Angleterre, que
d'y faire des dupes et d'aller étour-
diment, après cela, s'en vanter dans
les cafés....

Quant à Madame de Valmore,
elle possédait absolument les

mêmes talens que Mélanie, car
chez les personnes d'un certain
rang l'éducation est toujours la
même ; ainsi, ayant éprouvé les
mêmes obstacles, elle n'avait pas
réussi mieux qu'elle, et s'amusait
tout bonnement à chiffonner pour
les besoins de son ménage.

Ces deux dames se fréquentaient
tous les jours; mais madame de
Valmore allait plus souvent chez
Mélanie, qui, par tendresse autant
que par économie, avait entrepris
de nourrir Cécile, qui venait parfaitement bien.

Dubreuil passait les journées à
s'ennuyer et à manger de l'argent,
tandis que monsieur de Valmore
passait les siennes à en gagner et
à chasser l'ennui par son travail;
aussi proposa-t-il à son ami de faire
comme lui ; mais Dubreuil lui ob-

jecta qu'il ne savait pas tourner.—
Je vous l'apprendrai dès demain,
si vous voulez venir avec moi
quand j'irai à ma journée; à la vérité vous serez bien un mois sans
rien gagner, mais aussi vous n'aurez aucune occasion pour dépenser
votre argent, et je vous promets
de vous faire gagner par jour, au
bout de ce temps, une demi-couronne, qui, comme vous le savez,
fait trois francs de France, ce qui
fournira le pain de votre ménage ;
ce sera toujours cela ; le mois suivant, vous gagnerez davantage, et
ainsi de suite, si vous êtes adroit et
laborieux; d'ailleurs, mon ami, réfléchissez cette nuit, je viendrai
demain savoir votre décision, et
comme c'est dimanche nous passerons la journée ensemble.

Dubreuil le remercia beaucoup

de sa proposition, ajoutant : Mon ami, je ne balancerais pas à vous promettre de partir lundi matin avec vous ; mais comme vous connaissez les sots préjugés de notre nation sur les gens de métier, permettez-moi de consulter Mélanie pour savoir si le dimanche elle ne rougira pas de donner le bras à un ouvrier.... — Mon ami, un ouvrier sobre et laborieux est toujours un honnête homme, et par conséquent un être utile et respectable dans la société, dans laquelle il n'est point dangereux ni à charge à personne, puisque tout le monde a besoin de lui ; je rougirais, par exemple, de vous proposer l'état de domesticité, qui est le dernier et le plus vil de tous, puisque le plus honnête domestique est forcé de tromper son

maître du matin au soir, en l'ap-
plaudissant de l'œil ou de la parole dans toutes les sottises qu'il
fait, ou dans les injustices qu'il
commet, dont, dans le fond de
l'âme, il le méprise et rougit pour
lui ; mais en entrant en service,
il faut qu'il prenne en même temps
un masque analogue à toutes les
faiblesses et même à tous les défauts
de son maître, de chez qui il serait
chassé dans les vingt-quatre heures,
s'il ne renonçait pas à la dignité de
l'homme. D'après cela, les maîtres
ont-ils le droit de se plaindre d'ê-
tre entourés d'âmes basses, puisqu'un domestique plein de sentimens, comme il y en a beaucoup,
est obligé de faire à contre-cœur
mille bassesses par an, sous peine
de ne pas trouver une place.

Quand Dubreuil fut rentré chez

lui, il communiqua à sa femme la conversation qu'il sortait d'avoir avec M. de Valmore.

Mélanie avait beaucoup d'esprit, et particulièrement le jugement très-sain ; ce qui, je crois, est encore bien préférable. Après avoir écouté tranquillement son mari, elle lui demanda ce qu'il comptait faire.

— Mais, mon amie, c'est à toi que je m'adresse pour savoir ce que tu veux que je fasse : enfin ce que tu ferais si tu étais à ma place ? Eh bien ! j'irais lundi travailler avec M. de Valmore, parce que le travail, j'en suis sûre, ne peut jamais dégrader l'homme, puisqu'il est né pour cela, et que Dieu veut qu'il arrache du sein de la terre son existence à la sueur de son front ; sans quoi, la nature, muette à ses soupirs, ne lui procurerait que des

alimens suffisans seulement pour ne
pas le laisser mourir de faim.

Quel est l'homme qui osera,
d'après cela, mépriser un labou-
reur, parce qu'il travaille du matin
au soir? car, rentré dans sa chau-
mière, n'est-il pas mille fois plus
respectable, entouré de sa famille,
qu'un tyran qui occuperait le trône
de l'univers, quoiqu'il ne travaille
pas, fût-il même entouré de cent
mille flatteurs dont il est abhorré?

Dubreuil fut enchanté d'avoir
trouvé Mélanie dans les mêmes
sentimens que lui. En conséquence,
quand M. et madame de Valmore
vinrent passer le dimanche avec
eux, il promit d'aller dès le lendemain commencer son apprentis-
sage, ce qu'il fit en sortant du lit
à cinq heures, pour avoir le temps
de s'habiller et d'arriver à l'atelier

avec son ami qui, travaillant au
tour en l'air, était occupé dans la
boutique, tandis que lui devait
travailler dans un atelier qui y
touchait, parce que le maître
était aussi tourneur en chaises, et
que c'était là où se faisaient les gros
ouvrages par lesquels Dubreuil devait commencer, d'après les conseils et sous l'inspection de M. de
Valmore.

Ce marchand tabletier était plein
de bon sens, ce qui fit qu'il ac-
cueillit Dubreuil avec honnêteté,
enfin comme un homme bien né,
qui, poussé par le malheur, cherche
à éloigner par son travail l'adversité du sein de sa famille; ce qui
commençant par lui inspirer beaucoup d'estime pour lui, il dit: Sir,
soyez ici comme chez vous, taillez,
coupez, gâtez même du bois, ceal

II.   19

est indispensable quand on commence, cela ne me regardera pas. Je vous préviens que vous n'aurez affaire qu'à votre ami, car vous saurez qu'il est ici le maître quand je n'y suis pas, et qu'il l'est encore quand j'y suis: et là-dessus il se retira.

Dubreuil appréciant ce brave homme, en fit son compliment à M. de Valmore, qui, commença par le mettre en chantier, après qu'il eut mis habit bas, car le comte et le marquis ne pouvaient pas travailler autrement; et pourquoi non, puisque n'étant ni sylphes, ni génies, et qu'ils vivaient de la nourriture des hommes, ils devaient travailler comme tels dans leur détresse? Le comte, pour se la procurer, lui mit donc entre les mains une hachette pour com-

nencer à dégrossir le bois , et une
)lane pour le perfectionner, comp-
ant lui montrer l'usage de ces ou-
ils ; mais son apprenti pouvait se
)asser de ces premières leçons, car
es colons sont très-adroits ; en
econd lieu, c'est que les habi-
ations étant très-éloignées des
'illes, et conséquemment des ou-
riers, ils feraient souvent des
)ertes considérables, s'ils ne sa-
aient pas s'en passer et mettre
) main à tout.

M. de Valmore fut enchanté de
on adresse et de voir les pre-
nières difficultés aplanies ; en con-
équence, il le mit tout de suite
u tour ordinaire, lui montra com-
nent il fallait s'y prendre pour
loigner ou rapprocher les poupées,
t monter dessus la pièce que l'on
eut tourner ; ensuite lui mettant

une gouge à la main, il lui enseigna
la manière de s'en servir; mais Dubreuil coupa bien des fois la ficelle ;
ce qui ne surprit pas du tout son
ami.

Le lendemain il fit mieux, et le
surlendemain bien mieux encore,
ce qui flatta tellement le maître,
que, lui en faisant son compliment,
il lui dit que dans quinze jours il
commencerait à lui donner une
demi-couronne par jour, et au
terme convenu il tint sa parole,
ce qui donna beaucoup d'émulation
à Dubreuil.

Sans faire passer mon lecteur
par tous les degrés des progrès qu'il
fit, il apprendra sans doute avec
plaisir qu'au bout de six mois cet
intéressant jeune homme eut le
talent de gagner une demi-guinée
par jour, ce qui le mit au-dessus

du besoin , ainsi que sa petite famille ; aussi en témoigna-t-il la plus
sincère reconnaissance à son ami.

Un dimanche matin , Dubreuil
étant à déjeuner tranquillement
avec sa femme , car les jours de
travail il n'avait pas ce plaisir , il
lui dit en riant : Sais-tu , ma bonne
amie , que pour un ouvrier j'ai
un logement trop cher , puisqu'il
me coûte deux mille francs par
an ? Tu as raison, reprit Mélanie, et
malgré que nous soyons très-bien
avec notre hôtesse et ses demoiselles
qui sont charmantes, il faut leur
donner congé, car nous n'y pour-
rions pas tenir.

Julie, qui se trouvait là pour le
moment, dit: Ah ! si je ne craignais
pas de faire de la peine à Monsieur
et à Madame en prenant la liberté

de donner mon avis, je dirais ce que je ferais à leur place.

Dubreuil lui dit, ainsi que Mélanie: Eh bien! Julie, apprends-nous ce que tu ferais.

Vous savez, Monsieur, que M. de Valmore est très-mal logé, et vous convenez que malheureusement vous l'êtes trop bien : hé bien, Monsieur, cédez-lui la moitié de votre logement, vous n'aurez plus que pour mille francs de loyer, vous n'aurez pas le désagrément de déménager, et vous aurez le plaisir de vivre avec vos amis.

Mais, Julie, reprit Dubreuil, tu ne réfléchis pas que je n'ai qu'une cuisine, dont je ne peux pas me priver? — Vous ne vous en priverez pas, Monsieur, elle servira pour les deux ménages. — Mais quand l'un fera son dîner, l'autre sera donc

obligé de jeûner?... Allons, ma
pauvre Julie, tu vois bien que tu
es folle...—Pas du tout, Monsieur,
est-ce que vous ne mangez pas du
matin au soir les uns chez les autres?...hé bien, vous ferez ordinaire
ensemble. Madame de Valmore
prendra une femme pour faire son
ménage, et je me chargerai de
faire la cuisine; vous en vivrez
mieux tous et à meilleur marché.
— Mais réfléchis donc, Julie, que
tu auras double peine.—Je la pren-
drai avec plaisir, Monsieur, pour
de bonnes gens comme cela, et
qui vous aiment tant !....

Dubreuil et Mélanie témoignèrent à Julie combien ils étaient
sensibles aux marques d'amitié
qu'elle leur donnait tous les jours,
avouèrent que son conseil était excellent, et se proposèrent d'en faire

part à leurs amis qui devaientt t venir
dîner avec eux pour passer l le di
manche ensemble, suivantt t leur
coutume.

Quand M. et madame de Vallelmore
arrivèrent, on leur raconta la a conversation que l'on sortait dl'd'avoir
avec Julie; ils acceptèrent avec
transport cette proposition, quui tendait à les unir encore de plus p près,
car les deux hommes s'aimaiennt véritablement, ce qui n'est pas é éton-
nant; mais ce qui l'est infinimnent,
c'est que madame de Valmonre et
Mélanie s'aimaient de bonne foöi.

Il s'élevait cependant une, ddiffi-
culté à vaincre dans l'exécutionn de
ce projet, c'était de savoir si l l'hôtesse consentirait à loger deux méé-
nages pour un.

Mélanie, qui était très-vive, dit:
Je le saurai bientôt, car je vais t tout

de suite avec M. Dubreuil le lui
proposer, et lui dire que son logement étant trop cher pour nous,
nous serons obligés de lui donner
congé si elle ne veut pas y consentir... Aussitôt dit, aussitôt fait, et
les voilà partis.

Ils revinrent au bout d'un quart
d'heure, et Mélanie, d'un air cares-
sant, vint embrasser madame de
Valmore, en lui disant : Ma bonne
amie, l'affaire est arrangée ; cette
bonne dame et ses deux demoiselles nous aiment tant, qu'elles trem-
blaient de nous perdre, et qu'elles
ont consenti à ce que nous dé-
sirions ; ainsi, choisissez sans vous
gêner ce qui vous plaira de notre
logement ; faites-y apporter vos
meubles, et surtout venez-y le
plus promptement possible, si

vous voulez nous faire beaucoup
du plaisir.

Ces deux petits ménages vécu-
rent plusieurs années de la meilleure
intelligence, et même sans être
troublés par les femmes, qui s'occupaient trivialement du soin d'instruire elles-mêmes leurs enfans,
de raccommoder leurs petites hardes
pour les tenir proprement, et d'é-
conomiser à la maison ce que leurs
époux gagnaient au-dehors; car ces
deux respectables amis partaient
tous les jours à six heures du matin
pour travailler jusqu'à sept du soir;
et comme ils demeuraient trop loin
de leur boutique pour venir déjeûner et dîner chez eux, n'ayant
qu'une heure pour chacun de ces
repas, ils les faisaient très-mince-
ment dans une petite chambre qui
leur était réservée dans une taverne

qu'ils s'étaient choisie, et le soir ils rentraient faire un bon souper avec leurs femmes.

Par exemple, le dimanche était un vrai jour de fête, tant pour la bonté du repas, que pour la promenade, où ils menaient leurs femmes et leurs enfans; alors tous étaient en grande tenue; quand il pleuvait ils faisaient de la musique, car Mélanie avait toujours son excellent piano, qui lui servait, ainsi qu'à madame de Valmore, à se délasser quelques instans des soins domestiques, puis elles faisaient une petite partie de cartes avec leurs maris sans se fâcher, et même sans tricher...

Ils étaient tous heureux, excepté lorsqu'ils pensaient à leur chère patrie, dont ils parlaient perpétuellement, et vers laquelle tendaient

involontairement tous leurs soupirs, lorsqu'un jour on leur dit que
les émigrés pouvaient sans danger
rentrer en France : ils manquèrent
devenir fous du plaisir d'apprendre
cette bonne nouvelle, et vinrent
aussitôt la communiquer à leurs
femmes, qui, partageant les transports de leur joie, leur proposèrent
d'y revenir le plus tôt possible, ce
qu'ils leur promirent de tout leur
cœur, et deux jours entiers furent
employés à célébrer et chanter, le
verre à la main, leur prochain retour dans cette belle et aimable
France, l'objet de tous leurs
vœux.

Ils employèrent trois semaines
tant à vendre leurs meubles, que
pour se mettre en règle pour leurs
passeports.

On se rappelle peut-être que le

mobilier de Dubreuil lui avait coûté
dix mille francs de France, sans
compter qu'il l'avait augmenté
pour douze cents francs: hé bien,
les fripiers anglais, pas plus délicats que ceux d'ici, sentant qu'il
avait besoin d'argent, et qu'il ne
pouvait pas emporter tout cet atti-
rail, ne lui en donnèrent que deux
cents guinées, ce qui ne faisait pas
cinq mille francs; mais il fallut en
passer par-là, ou se ruiner en frais
de transport, sans compter les vi-
sites inquisitoriales des douanes
anglaises et françaises; tous ces désagrémens réunis le déterminèrent
à faire un aussi grand sacrifice,
malgré qu'il sentît parfaitement
bien qu'il allait retomber dans de
semblables griffes à son arrivée à
Paris.

On lui offrit quatre cents guinées pour son forté-piano, qui était du premier facteur de Londres; mais il les refusa, d'abord parce que Mélanie y tenait beaucoup; en second lieu, c'est qu'il présumait le vendre encore mieux à Paris qu'à Londres, s'il s'y trouvait forcé dans un moment de détresse.

Monsieur de Valmore fit les mêmes sacrifices que lui, et tous les quatre, munis de bons papiers, montèrent à Londres, avec leurs enfans et Julie, dans la diligence de Douvres; ils s'embarquèrent pour Calais, où ils arrivèrent en quatre heures de temps, secondés par un vent largue.

Ah! comme leur cœur palpita de plaisir, du plus loin qu'ils aperçurent le beffroi de cette première ville de France! et avec quel transport d'ivresse, ils appuyèrent le pied sur la jetée en y débarquant !.... Car, quelque malheureux qu'on ait été dans sa patrie, comme on y espère toujours un avenir plus heureux, on éprouve un sentiment interne si délicieux, qu'un Français seul peut bien le sentir ; mais que sa bouche ne trouvera jamais d'expressions assez fortes pour l'exprimer.....

Ils restèrent deux jours à Calais, tant pour voir cette charmante ville et ses environs, que pour s'y reposer ; puis ils prirent la diligence de Calais à Paris, où ils arrivèrent en bonne santé.

Mélanie ne put retenir ses larmes en arrivant à la barrière, réfléchissant qu'il lui fallait, ainsi que son mari, aller loger en hôtel-garni,

après en avoir eu un si beau à la
Chaussée-d'Antin.... Madame de
Valmore, à qui elle ne put cacher
le motif de son chagrin, se trouvant dans le même état qu'elle, se
mit à pleurer aussi; et Julie, qui aimait Mélanie de tout son cœur,
pleura par compagnie. M. de Valmore et Dubreuil eurent toutes
les peines imaginables à tarir leurs
larmes, malgré que la source en
fût furieusement détournée, puisqu'elle avait changé de maître.

En descendant de la diligence,
ils laissèrent leurs malles au bureau et ne prirent qu'une très-pe-
tite partie de leurs effets, qu'ils firent charger dans deux fiacres,
où chaque famille se mit, en en-
joignant aux cochers de se suivre
et de mener rue Jacob, faubourg
Saint-Germain, dans un bon hôtel-

garni, où M. de Valmore était
connu.

Ils y furent reçus comme ils le
méritaient, et conduits dans des
appartemens propres et commodes.

On leur proposa de leur faire
servir à dîner par le cuisinier de
l'hôtel, qui était très-bon, et ils se
mirent à table avec plaisir, car ils
mouraient de faim.

Plusieurs jours se passèrent à se
promener dans Paris, pour voir les
changemens et les embellissemens
qui s'y étaient faits depuis leur
départ, lorsque Mélanie dit à son
mari : Mon bon ami, je vais te prier
de me conduire aujourd'hui quelque part, où je suis bien sûre de
ne pas pouvoir m'empêcher de
pleurer..... Mais n'importe, il faut
que j'y aille absolument, car je
m'en meurs d'envie !... Voilà une

II.   20

singulière fantaisie , reprit Dubreuil !... Et dans quel endroit
veux-tu donc que je te conduise,
pour te procurer cette triste jouissance ? — A la chaussée d'Antin ,
je veux revoir l'hôtel où je suis née,
où tu m'as sauvé la vie , et savoir
dans quelles mains il est passé. —
C'est bien aisé; nous passerons même
d'abord rue du Helder , pour nous
informer de la bonne femme Dubois,
et savoir si elle a joui long-tems
du bien que nous lui avons laissé.

Ils partirent après le déjeuner , et
se rendirent à l'hôtel qu'ils avaient
occupé rue du Helder , où ils
surent que madame Dubois était
morte dans l'aisance depuis un an.
Comme elle était très-âgée , ils ne
furent point surpris de sa mort ;
mais ils apprirent avec plaisir qu'ils
avaient contribué à lui faire passer

une vieillesse agréable ; de là ils se
rendirent à la Chaussée-d'Antin.

Quand Mélanie mit le pied sur
le seuil de la porte, elle avoua à
son mari qu'elle éprouvait une
palpitation de cœur épouvantable.
Il lui proposa de rétrograder ; mais
elle frappa vivement ; alors il n'y
eut pas moyen de reculer.

Le portier lui ayant demandé ce
qu'elle désirait, Mélanie répondit :
voir l'hôtel et le jardin. — Mais,
madame, il n'est pas à vendre. —
Cela se peut, Monsieur ; mais je
vous prie de m'accorder cette grâce,
nous ne resterons pas ici long-tems
et nous n'y gênerons personne. —
C'est fort bien, Madame ; mais permettez-moi de vous dire que je
ne peux pas prendre cela sur moi,
et qu'il faut auparavant que j'en
demande la permission à Made-

moiselle. — C'est donc à une demoiselle qu'il appartient? — Oui,
madame. Et comment nommez-vous
cette demoiselle? — Mademoiselle
Rousselle, madame. — C'est fort
bien! allez, mon cher ami, et vous
m'obligerez.

Le portier revint cinq minutes
après, en disant, je suis bien fâché
de vous avoir fait attendre, Madame;
mais, comme vous savez, qui est
domestique n'est pas maître.....
cependant j'étais bien sûr que
Mademoiselle ne vous refuserait
pas ce plaisir-là, car elle est si
bonne et si honnête! Elle m'a
même ordonné de vous conduire
partout, pour vous faire connaître
cet hôtel, qui est vraiment beau....
— Je le connais mieux que vous,
mon ami, ainsi ne vous dérangez
pas de votre loge.—C'est singulier,

cela, Madame, car je n'ai jamais eu
l'honneur de vous voir venir ici,
quoiqu'il y ait déjà six ans que je
suis au service de Mademoiselle.
Cependant, puisque Madame le dit,
il faut bien que cela soit.

Ce bon portier parlerait encore
à Mélanie, si elle ne l'eût pas quitté
pour commencer son inspection.

Elle vit avec plaisir que tout
était très-bien entretenu ; mais elle
ne put retenir des larmes d'attendrissement en voyant le pavillon
d'où son cher Dubreuil l'avait sauvée
des flammes, et qui était recons-
truit à neuf.

Dubreuil s'apercevant qu'à travers
une croisée du salon une personne
les observait, en fit faire la remarque
à Mélanie, ajoutant : Retirons-nous
plutôt, car tu vas passer pour une enfant... Mélanie rougissant, se mit à

s'essuyer les yeux; mais en même temps la personne qui les avait observés avec la plus grande attention, ayant ouvert la porte du salon, vint à eux de l'air le plus affable, ce qui les déconcerta l'un et l'autre; puis elle ajouta : Ne pleurez pas, belle dame, les larmes ne doivent pas sortir des yeux de la fille de M. le Comte de Valmont, quand je peux les faire tarir.....Quelle fut la surprise de Mélanie et de son mari, de s'entendre nommés par cette inconnue, qui, la prenant en même tems par la main, la pria d'entrer se reposer !

Mademoiselle Rousselle (car c'était elle même) dit : Monsieur et Madame Dubreuil sont bien étonnés sans doute de trouver pour propriétaire de leur hôtel une personne qui les connaît aussi particu-

lièrement?—Ma foi, Mademoiselle,
je vous avouerai que ma surprise
est extrême, et que je mets l'honneur de votre connaissance au rang
des événemens rares qui me sont
arrivés dans la vie....—Vous pouvez
même ajouter, des événemens heureux ! car j'ose espérer que nous ne
nous quitterons pas sans être satisfaits l'un de l'autre.

Dubreuil, dont la stupéfaction
augmentait à chaque parole de
Mademoiselle Rousselle, la pria de
s'expliquer plus clairement, ce
qu'elle fit, en leur demandant s'ils
la reconnaissaient ?... Pas du tout,
reprirent-ils ; alors elle continua
de cette manière :

Madame Dubreuil accompagnée
de monsieur son père n'a-t-elle
pas reconduit, il y a quelques années, Monsieur son mari, qui allait

à Nantes pour s'y embarquer? —
C'est vrai. — Vous avez passé par
Tours, et vous y êtes descendus
hôtel des Trois-Barbeaux, sur le
quai? — C'est encore vrai. — Et
vous ne me reconnaissez pas? —
Je vous demande pardon, j'ai une
idée confuse de vos traits; mais
je ne pourrais dire où je vous ai
vue. — Comment! Vous ne vous
rappelez pas la petite Jeannette,
qui vous a servis dans cet hôtel,
où vous vous êtes reposés quelques
jours en allant et en revenant, tellement que vous m'avez bien tour-
mentée pour avoir la même chambre où vous aviez couché avec
Monsieur votre mari, ce qui a
fait bien rire, et m'a procuré une
fière dispute avec un commis voya-
geur, à qui je l'avais promise? C'est
très-vrai, Mademoiselle, reprit Mé-

lanie ; mais comment avez-vous pu
nous reconnaître si bien aujour-
d'hui , vous qui étiez d'un état à
voir tant de monde , que l'un devait
vous faire oublier l'autre ?.. — C'est
vrai, Madame ; mais voici le fait :

Dans ce maudit état où ma mauvaise fortune m'avait jetée , j'ai
trouvé des gens très-malhonnêtes,
mais j'en ai trouvé d'autres , aussi ,
qui étaient extrêmement honnêtes.
Comme je suis née reconnaissante,
j'inscrivais leur nom sur un petit
livret que j'avais acheté à cet effet ,
et que je conserverai toute ma vie.
Vous êtes portés dessus avec le
cadeau que vous m'avez fait, savoir :
douze francs en allant , et six en
revenant , car Madame n'a pas séjourné ; quand je m'ennuyais, je
parcourais mon livret, ce qui me
familiarisait avec tous les noms que

j'y lisais. Quand cet hôtel m'a appartenu, j'ai su que c'était Monsieur votre père qui l'avait fait bâtir, et comme j'avais entendu prononcer son nom bien des fois à Tours, je n'ai pas douté un seul moment que je ne fusse dans votre propriété; c'est ce qui vient de me faire suivre vos démarches avec tant de curiosité, pour éclaircir les doutes que mon portier venait de faire naître dans mon imagination, d'après les questions que vous sortiez de lui faire; mais comme je n'en suis pas encore à la fin des éclaircissemens que je dois vous donner, je vais vous supplier de m'accorder une grâce auparavant que je continue. — Quelle est-elle, reprit Dubreuil? parlez, que pouvons-nous faire pour vous, Mademoiselle? — C'est de vouloir bien

accorder aujourd'hui à votre ancienne petite servante Jeannette
un honneur auquel elle sera bien
sensible... Enfin de daigner accepter le dîner de Mademoiselle
Rousselle......

Dubreuil et Mélanie se regardèrent et ne balancèrent pas à accepter un dîner offert d'aussi bon
cœur, par une personne qui paraissait avoir des sentimens faits
pour ennoblir tous les états.

Mademoiselle Rousselle, au
comble de la joie, leur demanda
à quelle heure ils désiraient se
mettre à table. Ils répondirent : A
votre heure ordinaire. Elle leur
demanda la permission de s'absenter deux minutes pour donner ses
ordres, et quand elle rentra elle
leur proposa de passer au jardin.

Avec quel plaisir Mélanie alla

s'asseoir sur un banc de gazon
dans un bosquet où elle avait
lu plus de cent fois les lettres de
Dubreuil ! Mademoiselle Rousselle
reprenant alors son récit, leur dit:
Monsieur et Madame doivent être
bien surpris de retrouver Jeannette
chez eux et dans un état aussi bril-
lant ! Mais je les prie de croire
qu'elle n'oubliera pas ce que l'honneur lui commande, en les priant
d'écouter d'abord le récit des aven-
tures auxquelles elle le doit.

J'étais donc servante, hôtel des
Trois-Barbeaux à Tours, lorsqu'un
général, qui revenait de faire la
guerre aux Vendéens, se reposa
huit jours chez mes maîtres; s'étant
pris d'amour pour moi, il me proposa le sort le plus heureux, si je
voulais le suivre à Paris, où il se
rendait pour donner les détails des

opérations de sa campagne; que
là il m'y ferait d'abord passer pour
sa femme et finirait par m'épouser.
Ce qu'il ne pouvait pas faire où j'é-
tais.

Son train était superbe, ayant
plusieurs voitures, beaucoup de
domestiques, et des chevaux en
proportion; de l'or plein des malles,
et le dépensant à pleines mains.....
Je vous avouerai en rougissant que
me laissant séduire par l'ambition,
je l'ai suivi; mais que je n'ai eu
lieu que de m'en louer pendant
six mois d'hiver qu'il a passé à
Paris, où l'on me croyait sa femme
par les bons procédés qu'il avait
pour moi.

Dans les premiers jours du prin-
temps il reçut l'ordre de repartir
pour la Vendée, et me dit: Je m'en
vais seul, reste ici, et si les affaires

vont à ma fantaisie, je t'écrirai dans un mois, pour que tu viennes me rejoindre.

Il m'écrivit effectivement comme il me l'avait promis ; je reçus un très-gros paquet, avec une lettre pleine de tendresse, mais qui me décélait l'inquiétude dont il était dévoré ; car il m'apprenait que cette guerre était une guerre d'embuscade, dont la prudence humaine ne sauvait pas toujours ; qu'enfin, craignant d'en être la victime comme des milliers d'autres, il m'envoyait son testament, dans lequel il me constituait sa légataire universelle, parce qu'il avait un pressentiment de ne jamais me revoir ; que, cependant, s'il avait ce bonheur, il casserait ce testament en m'épousant et me faisant les mêmes avantages.

Quinze jours après avoir reçu cette fatale lettre, j'appris sa mort par les papiers publics, et malheureusement elle me fut confirmée par une lettre que m'écrivit son aide-de-camp; voilà, Monsieur, l'origine de ma fortune; mais il me reste quelques obligations à remplir, dont je vais avoir l'honneur de vous instruire; après quoi, je la croirai légitime, et j'en jouirai tranquillement. Elle allait s'expliquer, quand un domestique vint dire: Mademoiselle est servie; et ils passèrent à table, en remettant à l'après-dîner la suite de ce qu'elle se proposait de leur apprendre.

Mademoiselle Rousselle traitait parfaitement bien et leur donna un dîner très-délicat. Après le café ils retournèrent sous le cher bosquet de Mélanie, où mademoiselle

Rousselle reprenant le fil de sa conversation, leur dit :

Le général, qui était plutôt mon mari que mon amant, m'avait appris, par suite de la conversation, qu'il était de la Bourgogne, où il n'avait pas d'autre parent qu'un frère, avec lequel il n'avait aucune correspondance, parce que, me dit-il, je le déteste !... Je lui demandai le motif de cette haîne ?... Il m'avoua qu'il n'en avait aucun ; mais que dès l'enfance il avait pris pour lui une antipathie qui ne le quitterait qu'à la mort...

Comme la haîne n'est jamais entrée dans mon cœur, je ne pus m'empêcher de lui témoigner ma surprise de la sienne contre un frère ; et comme il s'avisait quelquefois de faire l'esprit fort, il me dit en se moquant de moi : Un

frère!... un frère!... c'est un grand
mot pour les sots ; mais je t'avouerai, moi, que je regarde les liens
de la fraternité comme les préjugés
du sang, auxquels je n'aurai jamais
d'égards.

Malgré que je fusse bien loin de
partager ses sentimens, comme il
était très-irascible, je ne poussai
pas plus loin la conversation, pour
ne pas l'aigrir encore davantage
contre son malheureux frère, que
je savais être disgracié de la fortune, d'après ce qu'il m'en avait
appris.

A la mort du général, voulant
réparer son injustice envers son
frère, j'ai écrit à ce dernier plusieurs lettres, dans l'intention d'a-
méliorer son sort ; mais on m'a répondu jusqu'à ce jour, qu'on le
savait bien en voyage, mais qu'on

ignorait absolument où il était ;
que s'il revenait jamais dans son
pays , on l'instruirait de mon
adresse et des démarches que j'ai
faites pour le découvrir.

Voilà où j'en suis relativement
à lui , et maintenant je vais vous
communiquer mes intentions pour
jouir légitimement de mon bien-
être.

D'abord , je vous avouerai qu'ici
je ne me regarde point comme chez
moi , puisqu'ayant fait estimer cet
hôtel, on m'en a offert 300,000 fr. ,
et que je sais que le général ne l'a
payé que 25,000 fr. à la nation ,
par la faveur d'un représentant du
peuple , qui était tout-puissant
dans ce temps-là, mais dont la tête
est tombée depuis avec bien d'autres , qui valaient beaucoup mieux
que la sienne.

D'après cela, vous me ferez l'honneur de venir demain dîner avec
moi ; mon notaire s'y trouvera ; je
lui ferai dresser un acte, par lequel
vous rentrerez dans votre propriété,
moyennant la somme de 25,000 fr.
que vous me donnerez, et que je
mettrai en dépôt chez mon notaire,
pour la faire valoir et la remettre
au frère du général, quand il se
présentera ; ce qui, j'espère, arrivera tôt ou tard.

Dans l'enthousiasme de la reconnaissance et l'étonnement de
la beauté des sentimens de cette
bonne Jeannette, Dubreuil et Mélanie ne purent jamais trouver des
expressions assez fortes pour lui
témoigner tout ce qui se passait
dans leur âme ; mais s'apercevant
que des larmes sillonnaient le long
de leurs joues, elle leur sauta au

cou, les embrassant avec transport, et leur dit: Faut-il être enfant comme cela donc, et ne pas
concevoir que Jeannette soit capable de faire des actions ver-
tueuses, parce qu'elle s'est écartée
un moment de son devoir ; encore
était-ce sur promesse de mariage,
qui allait s'effectuer sans la mort
de mon ami.

Se remettant un peu, ils l'embrassèrent à leur tour de tout leur
cœur, en la rassurant sur leur manière d'envisager son erreur passa-
gère, et lui promirent de revenir
le lendemain. Elle les fit reconduire
dans sa voiture.

Quand ils arrivèrent, Monsieur et
Madame de Valmore, qui ne faisaient que de sortir de diner, car
ils les avaient attendus fort tard,
étaient précisément à la fenêtre,

et ne furent pas peu surpris de les
voir descendre d'un superbe équi-
page ; mais ils le furent bien davantage, ainsi que Julie, quand ils leur
racontèrent le bonheur inespéré
qui venait de leur arriver ; ils les
en félicitèrent de tout leur cœur.

Mademoiselle Rousselle envoya
le lendemain sa voiture prendre
monsieur et madame Dubreuil ;
quand ils arrivèrent, ils trouvèrent
le notaire, qui leur remit entre
les mains un acte bien stipulé, par
lequel ils rentraient dans leur propriété, moyennant la somme de
25,000 francs hypothéqués sur la-
dite propriété, dont ils feraient la
rente, le tout payable à la volonté
de mademoiselle Rousselle, en
avertissant trois mois d'avance, qui
leur dit : Vous entrerez en jouissance
dans un mois, parce qu'à cette

époque j'aurai réduit mon train à moitié, pour me retirer à Tours, mon pays, avec 5o,ooo francs de rentes; ainsi vous devez voir que je n'y serai pas à plaindre.

Ils lui témoignèrent la plus sincère satisfaction d'apprendre qu'elle avait les moyens d'y vivre heureuse et d'y faire des heureux avec une âme aussi bienfaisante que la sienne. Ah ! ce sera bien la plus chère de mes occupations, s'écriamademoiselle Rousselle, et l'on passa à table, sur l'invitation d'un domestique...

Le dîner se passa très-gaîment, car tous les cœurs étaient satisfaits; après quoi le notaire s'étant retiré, mademoiselle Rousselle ayant témoigné le plus vif désir de savoir l'histoire des malheurs qui étaient arrivés à monsieur et madame Dubreuil depuis qu'elle les avait vus à Tours, ils passèrent dans le bosquet de Mélanie, où Dubreuil lui raconta tout ce que mon lecteur sait déjà.

Quand ils se retirèrent, ils l'embrassèrent de tout leur cœur, en l'invitant à diner pour le lendemain ; elle accepta, en disant: Volontiers, cela me procurera le plaisir de revoir votre bonne Julie que j'aimais bien , et elle les fit reconduire comme la veille.

En arrivant ils montrèrent leur acte de propriété à Monsieur de Valmore et à sa femme, qui leur en témoignèrent le plus grand plaisir , ajoutant : Nous ne sommes pas aussi heureux du côté de nos parens, que vous avec votre étrangère , et lui racontèrent que la sœur de Madame de Valmore, qui n'avait pas quitté la France, vait

acheté son bien, dont elle lui pro-
mettait un lambeau; et qu'il était
dans le même cas avec son frère,
qui lui disait : Ne vaut-il pas mieux
que je sois dans votre bien qu'un
autre, puisque je ne suis point ma-
rié? vous en hériterez à ma mort,
ainsi je ne vois pas que vous ayez
lieu de vous plaindre.

Ils convinrent qu'il y a de bien
mauvais parens;... mais comme
c'est l'histoire ancienne, ils en restèrent là.

Le lendemain, Mademoiselle
Rousselle vint diner chez Dubreuil,
et fit beaucoup d'amitié à Julie,
n'oubliant pas qu'elle avait été son
égale et qu'un tour de roue de la
fortune pouvait la mettre encore
à son niveau.

Après le diner elle dit à Dubreuil : Comme vous n'avez pas de

meubles, je vous laisserai une partie
de mon mobilier, car je n'empor-
terai à Tours que mes effets les
plus précieux, et avec ce qui vous
restera vous serez très-décemment,
n'importe où vous irez vous loger,
car je crois bien que votre intention n'est pas d'occuper un hôtel
qui peut vous rapporter 15 à 18,000
francs de rentes.

Non, sans doute, reprit vivement Mélanie, cependant j'avoue
que j'aimerais bien à habiter
le pavillon où mon cher Dubreuil
m'a sauvé la vie.

C'est très-aisé, cela, reprit mademoiselle Rousselle, car, indépen-
damment de ce pavillon, vous
louerez encore votre hôtel au moins
14,000 francs, et si dans ce moment vous avez besoin de 10,000
francs, je les ai à votre service.

II. 22

Comme chaque parole qui sortait de la bouche de mademoiselle
Rousselle était un nouveau bienfait, ils la remercièrent beaucoup
de son offre obligeante, mais ils lui
dirent que pour le moment ils pouvaient s'en passer, et ne se séparèrent qu'en se promettant de se voir
tous les jours chez mademoiselle
Rousselle, mais de rigueur avant le
diner, sous peine de la fâcher,
et cela jusqu'à son départ pour
Tours, enfin pendant un mois.

Ce mois se passa, et l'époque de
leur séparation fut un jour bien
triste pour Dubreuil, sa femme et
mademoiselle Rousselle, qui partit
pour Tours en leur laissant en
mobilier beaucoup plus que le nécessaire ; ils ne se quittèrent pas
sans se promettre de s'écrire souvent, et particulièrement s'ils se

trouvaient avoir besoin les uns des autres.

Ayant mis un écriteau pour louer leur hôtel, ils trouvèrent en huit jours un locataire, qui leur en offrit 16,000 fr., sans le pavillon de Mélanie, qui se réserva l'entrée de son cher bosquet.

Il y avait un mois que mademoiselle Rousselle était partie, quand il leur prit la fantaisie d'aller voir le château de M. de Valmont, où ils avaient fait leur noce, où aussi il avait reçu ce coup de fusil, dont il avait été estropié si long-temps. Comme il n'était qu'à vingt lieues de la capitale, ils regardèrent cela comme une promenade. Dubreuil loua un cabriolet avec un cheval, et ils partirent, en laissant à Paris Julie avec Jules et Cécile.

Ils furent bien étonnés, en arrivant, de ne plus trouver le château
ni le parc, et de voir que la char-
rue passait sur un terrain où avait
existé la plus belle propriété possible. Mais leur surprise cessa, quand
ils apprirent qu'elle avait été ache-
tée par les chaudronniers de Paris,
où ils revinrent le lendemain, le
cœur trop triste pour rester plus
long-temps dans ce pays, qui avait
été un séjour délicieux dans le
temps qu'ils l'habitaient.

Quand ils furent de retour, Dubreuil, toujours fidèle à son système,
de donner un état solide aux enfans,
d'après l'expérience qu'il venait
d'en faire en Angleterre, dit à
Mélanie : Jules entre dans sa
douzième année, et Cécile dans
sa dixième ; ils savent lire, écrire,
calculer, un peu de géographie et

une teinture de musique , de plus
ils parlent très-bien anglais , mais
tout cela ne leur donnerait pas du
pain. Si le feu venait à brûler notre
hôtel , j'aurais la misérable ressource d'entrer chez un tabletier,
où je gagnerais en huit jours ce que
je gagnais en un en Angleterre ;
mais enfin ce serait toujours cela ;
au lieu que nos pauvres enfans ;
n'ayant pas d'état, mourraient de
faim ; je vais consulter mon fils ,
pour savoir celui qui lui plairait le
plus , fais-en autant que moi avec
ta fille.

Jules ayant dit qu'il aimerait
bien l'horlogerie, en quinze jours
de temps Dubreuil le mit en ap-
prentissage chez un des bons hor-
logers de Paris.

Cécile ayant dit à sa maman
qu'elle aimerait bien à faire des

robes, on trouva chez d'honnêtes
artisans une jeune personne de
vingt ans, douce, honnête, sachant
l'état de couturière dans la perfec-
tion, on lui donna la table, le logement, trois cents francs par an,
et la liberté de travailler pour ses
connaissances, afin de ne pas manquer d'avoir des étoffes à couper
et à coudre pour pouvoir instruire
Cécile ; quand les pratiques n'abon-
daient pas, elle achetait des in-
diennes ou des mousselines avec de
l'argent qu'on lui avançait, elle faisait des robes qu'elle vendait bien,
car elle travaillait avec beaucoup
de goût, et par ce moyen l'ouvrage
ne manquait jamais.

Au bout de trois ans Cécile sut
aussi bien travailler que sa maîtresse, à qui l'on donna encore une
gratification ; si bien que, sans être

sortie de dessous les yeux de sa
mère. Cécile, à quatorze ans, était
en état de braver l'adversité, car
elle savait un bon état.

On lui donna alors des maîtres
d'agrément dans tous les genres.

Jules, étant entré à douze ans
chez un horloger, en sortit à dix-
huit, en état de gagner six francs
par jour, et conséquemment de ne
pas craindre la misère.

Voilà donc Dubreuil et Mélanie bien tranquilles sur le sort de
leurs enfans, en cas de revers de
fortune.

M. et madame de Valmore se
retirèrent en province pendant
cet intervalle, avec une très-mince
pension de leurs parens.

Mademoiselle Rousselle se maria
à Tours, ayant cinquante mille
francs de rentes, avec un ancien

militaire, qui apporta en mariage sa croix et quelques blessures.

Dubreuil maria Cécile à dix-huit ans avec bien de la facilité, car elle était jolie comme l'amour. Tout le monde la demandait depuis l'âge de quinze ans ; mais ce fut un jeune avocat, très-riche et fort joli homme, en faveur de qui elle se décida.

Comme Dubreuil fils, pour se désennuyer et s'entretenir la main, travaillait de temps en temps dans les meilleures boutiques de Paris, il trouva une jeune demoiselle extrêmement jolie, âgée de dix-sept ans, dont le père était fort à son aise, ayant un bon fonds, et point d'autre enfant qu'elle, qui avait beaucoup d'éducation et un très-joli caractère, puisqu'il l'étudia pendant six mois qu'il travailla chez

son père pour lui faire sa cour; il
avait alors vingt-quatre ans, était
très-bel homme, grand, bien
fait, et porteur d'une physionomie
douce et intéressante, étant le
portrait de Mélanie.

Ces deux jeunes gens s'aimant
et se convenant sous les rapports
de la fortune, l'horloger céda sa
boutique à Jules, en lui donnant
sa fille. Dubreuil donna quelques
sacs de mille francs, en mariage,
à son fils, et par ce moyen, ces
deux pères firent le bonheur de
leurs enfans.

Dubreuil et Mélanie voyant les
leurs très-bien établis, tâchèrent
d'oublier la fortune immense qu'ils
avaient perdue, avec tous les malheurs qui en avaient été la suite.
Ils passèrent une vieillesse heureuse
et tranquille, au milieu d'eux et

de leurs petits-enfans, en disant jusqu'au tombeau, qu'il faut absolument leur donner un état pour leur assurer une existence honnête, quelque brillante fortune qu'on ait à leur laisser; seul moyen de braver ses revers.

Fin du second et dernier Volume.